CB072579

GORDON LISH
coleção de ficções 1

Tradução Ismar Tirelli Neto

Para Jonn Meyer Greenburg Greene

SUMÁRIO

9 Preâmbulo
11 Tudo que sei
14 Como escrever um poema
19 O que resta a nos ligar
35 Culpa
42 Sou largo
45 Imaginação
50 Sofisticação
53 Duas famílias
58 Para Rupert – sem promessas
70 Peso
74 Fleur
79 Três
81 Peste entre tias
85 A dieta da psoríase
88 Como escrever um romance
90 Medo: quatro exemplos
93 Para Jeromé – com amor e beijos
138 [Intitulado]

PREÂMBULO

CERTO, CERTO – eis aqui um tropo para você, então.
Para buscar mantimentos, coletar víveres, para prover a casa de vitualhas, a menos que se creia "vidualhas" melhor soletração, não preciso, e no entanto, escolho de fato descer a minha raquítica, artrítica birra por uma íngreme colina e por conseguinte galgar de volta grunhindo a ingremidade inda mais íngreme, por todo este tempo padecendo meu proprium a impudente passagem dos anos de maneira ainda mais aguda, passo a odioso passo, enquanto que, e por favor tenha a fineza de estar me escutando, eu poderia muito bem desempenhar meu comércio em meio aos corredores de um hipermercado estaladamente supimpa a igual distância de minha porta e, loucura inda maior, alcançável por meio de rua modelarmente latitudinosa.
Porém eu desço, desço, desço, subo, subo, subo.
Ouviu?
Ora para baixo, ora para cima – para trás e para adiante onde as macabras prateleiras mostram-se estocadas com pouco que se poderia chamar de reconhecível, para trás e para adiante onde o éter no interior nunca não está viciado de infecção e desinfetante, para trás e para adiante onde a equipe (estou de brincadeira? – equipe, equipe?) preferiria, mesmo na Páscoa, cuspir na sua cara a encará-la num frouxo experimento de decência.
Vá saber.
Mas olhe para mim, olhe para mim! – eu fui, fui, as escuras compras acumulando-se de encontro às paredes sustentadoras de fardos de minha residência, viagem a temível viagem.
Pois, pelo momento temos aqui as contas do dia, tendo seu autor já se satisfeito de ter sugerido a amência do que fundara os fundamentos variadamente deformados das histórias (estou de brincadeira? – histórias, histórias?) dispostas aqui para você na sequência mesma de sua sequencialidade adiante.

Fui eu, eu, eu o feitor delas.
Certa vez.
Há muito.
Quando não estava menos em voga a trapaça do literateur.
E agora parar, agora.
Ah, mas maldita, maldita seja a volição! – demasiado custo pelo lucro, demasiado dito pelo ganho.

TUDO QUE SEI

A ESPOSA INSISTIU em contar sua versão primeiro. Fiquei interessado de imediato por conta da palavra. O marido ficou de prontidão. Ou talvez sua versão ainda precisasse de trabalho. Ela tomou fôlego, sorriu e foi direto à parte mais alarmante primeiro. Pelo menos à parte que ela desejava que nós – e seu marido? – considerássemos a parte que mais a alarmara. Ela disse que acordou e encontrou um homem na cama. Não o marido, naturalmente. O marido, ela disse, estava na casa ao lado, visitando um amigo. Ela disse que o marido fazia isso com frequência, passava as horas da noite em visitas, na casa ao lado ou em qualquer outra parte. De todo modo, a esposa disse que não gritou pois o medo a deixara muda. Ela disse que a mudez era uma reação um bocado comum, e diante disso o marido assentiu com a cabeça entusiasticamente.
Ela foi capaz, no entanto, de pôr-se de pé e correr. Ela saiu correndo pela porta da frente. Ela correu por três quarteirões até encontrar uma cabina telefônica e ligou para a polícia.
"Meu Deus", eu disse. "Isso é apavorante."
"Eu sei", ela disse, e sorriu.
Tomei seu sorriso por uma reação um bocado comum.
Eu disse, "E você ficou tão apavorada que saiu correndo da casa com o homem e com seu menino ainda lá dentro?"
"Não é incrível?", disse a esposa. "Eis até que ponto a gente pode ficar assustado."
"Você não precisa me contar", eu disse. "Mas pense."
"Ah", ela disse, "eles não se interessam por crianças."

O MARIDO TOMOU FÔLEGO e, em seguida, se insinuou na própria versão, sem palavra quanto a que parte era a pior.
Ele disse que entrou pela porta dos fundos, exercendo imenso

cuidado para calar a chave, pois já era, afinal de contas, tarde. Ele disse ter feito o mesmo à sua ação de pisar. Mas então ele viu a porta da frente escancarada – e então entrou rapidamente no quarto do pequeno, e viu o pequeno seguro em sua cama.

"Viu?", disse a mulher.

Eu disse, "Graças a Deus".

"Em seguida fui para o nosso quarto", disse o marido.

Ele disse que viu a cama vazia e a porta do banheiro fechada.

"Bom Deus", eu disse, "o estuprador está lá dentro!"

Minha mulher disse, "Pelo amor de Deus, deixe ele contar".

O marido disse que ficou fraco devido ao choque. Ele disse que compreendeu que era inútil ficar ali parado, exortando-se a abrir a porta do banheiro. Ele disse ter certeza absoluta – a esposa estaria lá dentro, morta.

"Você pode culpá-lo?", disse a esposa.

O marido disse, "Então eu sentei na cama e telefonei para a polícia".

Os dois sorriram.

"O estuprador não estava lá?", eu disse.

"Por favor", disse minha esposa.

O marido disse que mal podia falar. Ele disse que a polícia ficava mandando ele falar alto.

"Minha esposa está desaparecida!"

Foi isso que o marido disse ter berrado ao telefone, mas que a polícia dissera não, não se preocupe, que sua patroa estava em uma cabina telefônica a poucos quarteirões da casa.

"ISSO É HORRÍVEL", disse minha esposa.

Eu disse, "Mas o banheiro".

O marido disse, "Eu não encostei na porta até a polícia chegar – e quando chegaram, é claro que estava vazio lá dentro, não é?"

"Claro", eu disse. "Tem uma janela lá dentro?"

A esposa assentiu com a cabeça.

"Aberta", disse o marido, parecendo satisfeito.

"Foi assim que ele fugiu", acrescentou a esposa com eficiência.

"O estuprador", disse minha esposa, em sucessão igualmente rápida.

CONTEI-LHES TUDO que sei. Contei-lhes precisamente da mesma maneira como me foi revelado. Mas há qualquer coisa nestes eventos que não compreendo. Creio que há algo que aquelas duas pessoas – não, três – não estão me dizendo. Às vezes acho que está bem na minha frente, me encarando, assim como os três me encaravam quando a história – ou minha versão dela – terminou.

COMO ESCREVER UM POEMA

VOU LHE CONTAR, não sou nem mais nem menos propenso a cair nessa balela de poesia do que qualquer outro sujeito. Quer dizer, por mim, dá igual – certa pressão comissariada, mijadinhas e gemidos modulados, as experimentadas reivindicações de um coração sazonal. Porém, muito de vez em quando acontece-me ter em mãos um poema cujo lento desenrolar me prende até o ponto-final. Não precisa ser nada de mais, o tal poema. Não me importa em nada a sua qualidade. Por Deus, não – não é literatura aquilo que procuro em poesia.

É medo.

Sabe – o medo de não haver nada lá.

Você mantém a cabeça no lugar, de repente começa a sentir uma brisa, espécie de meigo murmúrio das palavras. E aí pode apostar que o pobre-diabo já viu o que está vindo em sua direção – um universo ordinário, amontoado sem itens de um mundo sem mistério. Assim que a chance se lhe apresenta o jogo vira, vai tocando as bases enquanto corre livre para casa, aquele pequeno vento delator na página que se está olhando à medida que o covarde poeta começa a ganhar velocidade.

Talvez eu não goste de poetas – ou de pessoas. Mas amo pegar algum bardo em flagrante, e depois me testar na ausência da coisa que o fez bater em retirada. O que faço é continuar ali de onde os nervos do velho versejador o enxotaram, justo ali onde ele não pôde mais suportar o fato de que nada nunca existiria ali onde nada jamais existiu.

Não é nada de mais. Basta fixar bem aquilo que ele, com seu coração de galinha, não conseguiu. Depois você datilografa a sua versão e assina com seu nome. Em seguida, é fazer com que aquilo seja impresso como sendo de sua autoria, relaxar e ouvir o pessoal chamando-lhe "verdadeiro" quando você não foi nada além de audacioso.

É o mais seguro dos furtos, um poema roubado – e quem, me

diga, não rouba nada? Além do mais, mostre-me alguma coisa que um poeta ouse exigir como sendo seu por direito. Uma leitura em público? Subsídio público? Certamente não uma imensa banalidade. Muito menos aquela, justamente aquela que sua própria covardia desonrou! Pode esquecer – esta é uma pessoa que tem medo.

O QUE ME TRAZ a estas bruscas conclusões é uma experiência de recente safra, um poema que tomei de uma mulher a respeito da qual você nunca ouvirá falar e que, desde então, tenho circulado por aí – não sem aplauso – como sendo meu.

Nenhuma complicação.

Observe, apenas.

O texto – refiro-me ao texto que precedeu a mim – situa-nos na seguinte situação: duas mulheres, a poeta e uma viúva, a enlutada senhora do amante da poeta.

Por quanto tempo os amantes haviam sido amantes?

Tempo suficiente.

E o finado, há quanto tempo se finara?

Há menos tempo que isso.

Quaisquer que sejam as exatas relatividades, estamos tratando aqui de uma relação de adultério como outra qualquer.

Até aqui, tudo bem – a amada, a sem amor.

Claro, a poeta é, ela própria, casada. Mas como seu cônjuge não se faz presente no poema senão por sugestão, somos levados, creio, a concluir que a relação dele com tudo o que se passa não tem importância alguma e relevância, menos ainda. Quer dizer, no que diz respeito ao ato de ir lá e foder gente que não se deve, o cônjuge da poeta não figura em nada disso. Ele não é contingente, isto é, pelo menos não no tocante ao prospecto daquilo que adivinhamos que está por chegar.

Já o mesmo não se aplica à esposa do morto. O que estou sugerindo é que – o que é sugerido pela poeta no poema (ah, sim, a poeta, como dei a entender, está no poema, no poema e falando) –, é que certo ar à descoberta espessa-se enormemente sobre as coisas: a viúva que de nada suspeita, as furtivas cópulas do marido. Porém, naturalmente, é para isto que nos estamos encaminhando, é para isto que o texto original nos está conduzindo – rumo à exposição, rumo ao esposa-saber-tudo.

Quanto ao indivíduo a quem o poema não presta atenção alguma (agora que a versão da poeta foi publicada – em contexto bem menos prestigioso que a minha), será que não sabe, não deverá ele saber, mesmo enquanto escrevo isto, a respeito de tudo?

Mas talvez os cônjuges dos poetas não leiam poesia.

Não terá sido por esse motivo que a poeta acabou se encontrando nesta enrascada, para começo de conversa?

Mas que importância tem isso, o esposozinho da poeta, o que ele sabe ou deixa de saber? Claro está que não somos instados a dirigir-lhe mais que um relance passageiro. A poeta pede que façamos um esforço nesse sentido. Ou será melhor dizer: que não o façamos?

Uma alusão desdenhosa.

O QUE ACONTECE É O SEGUINTE.

No poema, está lembrado?

Vemos a poeta e a viúva na casa da viúva. Recém-chegadas do cemitério? Não nos forneçem essa informação. Apenas isso – dia borrascoso, fim de outono, fim de manhã, as mulheres trajando pulôver e cardigã, cinzas, pastel, tweed, suéteres dispostos de maneira outonal sobre os ombros, tornozelos trazidos para debaixo das nádegas.

Uma sala de estar, uma lareira.

As personagens principais estão sentadas no chão?

Penso que sim. Gosto de pensar que sim.

O que nos é dito é que a poeta está aqui para dar uma mão – ajudar a organizar os papéis do falecido, ser boa companhia, consolação bondosa, uma presença na casa vazia. Então, vemos as mulheres sendo mulheres juntas, sendo enlutadas juntas, manejando o que o morto escrevera.

(Era ele poeta também? Mais que provável. Hoje em dia há muitos, muitos poetas.)

Vemos as duas sofrer ao de leve, alisando saias, rememorando, bebericando chá, arrumando. Bom, ouvimos isto, vemos aquilo outro – não me lembro muito bem se a poeta mantém os seus sentidos sintonizados a este ou àquele acontecimento. Portanto, vemos, ou ouvimos, suas falas enquanto põem as mãos em caixas de papelão e leem em voz alta um pouco disso, um pouco daquilo.

Vocês sabem – camaradagem, o ato de acamaradar-se. Um pouco de choro. Ombros de mulher. Suéteres de mulher.

Bonito.

E é então – eu não disse que vocês adivinhariam? – que se tem a mulher com a mão no fundo de uma caixa de papelão, e depois

a mão erguida, fora, segurando um simpático pacote, envelopes, certo formato de papel, certo aroma, o registro feito pelo morto das indiscrições da poeta – cartas que registram os engates, cartas que prestam contas.
Por Deus!
Etc. etc. etc.

MAS NÃO SEJAMOS não poetas aqui. A coisa não é tão catastrófica assim. Afinal, o homem está morto e enterrado. Está muito além de ralhação. A viúva já viu muito nessa vida. A poeta é uma poeta. A vida é... a vida.
Ora, bem.
Então, cá estamos nós (no lugar da poeta), observando mulheres que juntas se tornam mais sábias – chora-se um pouco, ri-se um pouco, e depois, por fim, nós as vemos, como o farão os mais mundanos, abraçadas.
Não tenho certeza quanto a quem fala primeiro, nem tampouco quanto ao que a poeta diz ter sido dito – estando o poema da poeta em algum lugar aqui entre meus troféus, porém, estando eu por demais envolvido nisto para me levantar e verificar. Digamos apenas que a viúva diga, "Por todos esses anos, todos esses anos, quem era ele? Ele era o homem a quem você se dirigia nessas cartas."
E a poeta?
Quem se lembra?
Suspeito, no entanto, que ela diga o que quer que se diga a uma pessoa que está sendo espaçosa para o seu bem. Talvez isto: "Não, não, você é quem ficava com o melhor – o marido, o homem."
Etc. etc.
O finado, na esteira desta afirmação, é então comemorado, em dois hábeis versos, por seu desempenho em ambos os domínios indicados.
Haverá malícia nisso? Pretenderá a poeta nos fazer atentar para um pequeno sinal? Considere – por que a simetria? Será isto o acontecido ou o artificioso? Considere mais além: que devemos nós fazer com esta diferença?
De qualquer modo, quem está de troça aqui – poeta no poema ou poeta não no poema?
Equilíbrio, como eu o detesto! Alguma hedionda desproporção, isto, sim, é que é bom!

POIS LÁ ESTÃO ELAS, poeta e viúva, usurpadora e usurpada.

Despidas, por assim dizer, desnudadas – cada qual ansiosa para estender o braço e agarrar o que estiver mais próximo para cobrir-se.

Portanto se apressam para se esconder nos corpos de outras pessoas.

Outro enlace. Meio fraterno. Abraço fraterno. Mas vai disso para o carnal. Em cuja altura, o poema proporcionou-nos já a maior parte de seu texto, tendo o dia (veja só isto!), em seu tempo maleável, cumprido (diz-nos a poeta) também progresso parelho.

Então, é sol-pôr quando as duas mulheres encaminham-se para a cama, para fazer aquilo que a poeta nos dá a imaginar. Mas, antes que possamos nos aclimatar, a poeta reaparece, tendo projetado (ela explica) seu corpo astral de volta ao cômodo onde nos deixara. Vemos, por intermédio de sua visão, as cartas espalhadas entre os papéis. Vemos xícaras de chá, pires, bolsas, sapatos, suéteres. Vemos estas coisas como coisas, num primeiro momento, como enumerações sobre o tapete chinês da viúva.

O restante do poema?

Agora é que são elas! Pois o poema se esforça agora por extrair da figura destes particulares um fac-símile do espetáculo humano, algo útil no sentido do ensinamento, o evento liberto do rotineiro, o insignificante forçado a ceder lugar a um significado.

ESTE FOI O POEMA que a poeta publicou e que eu – gênio que sou por ter localizado o momento em que a obra dá as costas à insuportável visão nela contida – reescrevi e circulei em troca de um pequeno desembolso e pela diversão.

Agora deixem-me contar o que eu fiz.

No meu poema, não há nada de diferente. É a mesma coisa, palavra por palavra – até o corpo astral retornar para dar seu resumo. Assim como a falsa poeta, dou uma olhada ao redor. Vejo o mesmo lixo que a poeta viu. Mas no meu poema eu vejo aquela porcariada é em cima de um bom carpete de tear largo, desses de parede a parede, comprado no shopping e instalado quando a rima – perdão, o preço! – adquirido quando o preço estava em conta.

E, veja bem, terei sido eu, em algum momento, uma pessoa dentro daquela casa?

Deixe para lá.

Para mim, tanto faz como tanto fez – a porra do carpete chique falso, o que está por cima dele e a merda da sua localização.

O QUE RESTA A NOS LIGAR

QUERO CONTAR-LHE a respeito da desintegração de um homem. Não se trata de um sujeito que eu tenha conhecido muito bem. O que conheço são as erosões-chave que o conduziram ao colapso, o punhado de episódios que fizeram esse sujeito tombar da pouca altura que julgava ter. Eu, na realidade, estive presente naquilo que se poderia chamar o momento crítico. Refiro-me ao volteio quando nosso homem foi, por assim dizer, completamente derrubado. Quanto às contas posteriores, como tem passado no torno da ruína, isto é assunto de que não sei quase nada, e não me importo.

Ele tinha um casamento, filhos e uma segunda mulher a quem fazia visitas de quando em quando. Até onde me era dado ver, suas relações em todos estes respeitos eram perfeitamente corretas, a típica vida apertada de um sujeito que reside em circunstância urbana, um sujeito de seus quarenta anos, camarada moderadamente realizado, sendo esta afirmação destinada a transmitir a impressão de um sujeito excepcionalmente capaz – se me permite a asserção de que até mesmo a realização passageira, em nossos tempos periclitantes, exige capacidade superior. Sua circunstância era, pois, daquele tipo urbano – o trabalho que realizava e onde o realizava. Mas isto é apenas uma partícula do que quero dizer.

Não vou atarefar as primeiras frases deste relato com uma descrição de sua esposa – pois ela fará sua aparição mais tarde, quando chegar aquele nosso momento crítico, e isto bastará a ela, haja vista sua real importância no tocante ao que se desdobra neste. Tampouco será rentável você saber muito acerca da segunda mulher – e, com efeito, não tenho tanto assim para contar, considerando-se o fato de que pus os olhos sobre a criatura uma única vez – assim como só vi uma vez a mulher que é a esposa. Foi no momento a que fico me referindo como crucial que ambas estas mulheres me foram reveladas pela primeira vez, uma coincidência que você devia já estar adivinhando.

No tocante às crianças, elas não têm positivamente importância alguma.

O que eu de fato sabia, e sabia muito antes de acontecer o pior, era isso: o homem que é o assunto desta pequena história elegera findar sua relação com a segunda mulher e fora adiante e tomara uma atitude com vistas a isso. Ao menos foi isto que disse ter feito quando mais tarde buscou minha atenção enquanto tomávamos uns drinques.

"Diante do que ela disse o quê?", eu disse, tentando me concentrar em particularidades não mais de meu interesse do que a própria crônica em sentido amplo.

Mas o sujeito estava esperando por isso. Ele brincou com seu copo e deixou um silêncio histriônico afastar as cortinas. Em seguida, sofrendo cada frase de seu relato como se tencionasse colocar à minha frente um paralelo da desolação a qual escolhera acreditar que a segunda mulher lutara para superar, nosso homem disse:

"Se é isso que você quer. Se é disso que precisa. Pois bem, então é o que terá."

"Esplêndido!", disse eu, e em seguida, "Então tanto melhor para você, rapaz!", acrescentando esta última observação mais por motivos de ritmo e cerimônia do que como resposta a qualquer coisa sabida. Decerto, eu não tinha nada de substancioso em que me basear, nenhuma base para julgar a saúde do espírito do sujeito de qualquer forma, tendo ele ou não a segunda mulher a quem fazer visitas de quando em quando.

Demonstrou-se, no entanto, que ele também estava à espera disso.

"Eu não sei", ele disse, fingindo, pareceu-me, pensar.

"Mas é claro que sim", eu disse. "Tanto melhor para você, insisto!"

"Gostaria de pensar desta forma", ele disse, passando os dedos pelo copo mais uma vez, sem engolir demais, salvo movimentos extravagantemente hesitantes até a boca. "Mas não sei."

"Ah, bem", eu disse, já fabricando a frase que me afiançaria a saída.

Veja, assim como o sujeito cuja desarrumação estou a registrar, também eu resido em circunstância urbana. Eu planejara ir ao mercado fazer compras para a casa mais tarde naquela noite de sexta – fazer o que sempre fiz para não ter de ir ao mercado fazer compras para a casa na manhã do sábado seguinte, o número de consumidores reduz-se pela metade às noites de sexta.

Era, e é, um costume meu – e tornei-me convicto de que é apenas a observância inflexível do costume o que sustenta a vida em circunstância urbana. São os indivíduos citadinos estritos e exatos em seus hábitos e em posse de uma robusta despensa dos mesmos os que conseguem sobreviver até as segundas. Julgo ter visto exemplos suficientemente persuasivos de ambos os lados da questão para propor o postulado.

É o postulado que orienta minha conduta, de qualquer forma – qualquer que seja a validade de seu conteúdo –, e eu já passara muito tempo bebendo com este homem e tinha bons motivos para lançar-me a caminho.

Ademais, não havia mais nada que eu quisesse ouvir dele. Não haveria surpresas em nada do que me pudesse revelar – ele, assim como eu, sabia exatamente o que dizer.

É por este motivo que não me interesso muito por pessoas – ou tanto assim por mim mesmo. Todos nós sabemos exatamente o que dizer, e o dizemos – o homem que se sentou a meu lado fazendo de seu copo uma ópera; eu, falando-lhe então e falando com você agora; você, lendo e se decidindo a respeito desta página.

Disso não há escapatória.

Tampouco é necessário agir ainda como se pudesse haver uma.

Era necessário dizer apenas: "Veja, meu amigo, depois dessa haverá outra. Melhor ter terminado a coisa e começar, na esteira, outra coisa."

Ele ergueu os olhos de suas ruminações fraudulentas, reparando em mim, percebi, pela primeira vez.

"Esta é uma sugestão espantosamente infantil", ele disse.

"Você acha?", eu disse. "Talvez minha mente estivesse em outro lugar. O que foi que eu disse?", eu disse.

Ele estudou minha expressão por um tempo. Eu podia ver o que ele queria. Mas eu não o daria para ele.

"Vou pedir a conta", ele disse, relanceando o relógio de pulso, e em seguida, com um movimento elegante e grandioso, erguendo o mesmo braço para chamar o garçom. "Tenho que me apressar", ele disse, enxugando o resto do drinque e terminando comigo também. Então ele disse, "O jantar é cedo e eu preciso fazer compras".

DURANTE O TRANSCURSO dos eventos descritos, o trenó do meu filho foi roubado. Na realidade, foi removido do recinto pelo faz-tudo que presta serviços no pequeno edifício residencial em que vivemos. Era costume nosso deixar o trenó do lado de fora, próximo à porta, recostado contra a parede do corredor e pronto para uso

– ao passo que era costume do faz-tudo reclamar que tal modo de armazenamento do trenó impedia seu acesso ao carpete quando ele vinha limpá-lo, uma vez por semana.

Ele vem aos sábados.

Pude ouvi-lo do lado de fora com seu aspirador de pó de calibre industrial há obra de alguns sábados. A algazarra criada pela coisa é inconfundível, e lembro de ter precisado levantar a voz para dizer: "Sua vez." Era meio-dia, um tempo absolutamente incrível lá fora, mas estávamos em casa jogando damas, eu e meu menino, enquanto ele sarava de sua catapora e enquanto sua mãe resolvia coisas na cidade. Só quando ela retornou que o roubo foi descoberto, o lugar contra o qual o Flexible Flyer ficava recostado tornado agora um bocado de carpete limpo insultantemente vazio.

Ela telefonou para o senhorio e telefonou para a polícia.

O trenó, afinal de contas, é insubstituível, um dos últimos Flexible Flyers feitos de madeira, prática interrompida já faz algum tempo. Precisáramos correr a cidade toda para encontrar um e comprá-lo – e era para nós uma imensa satisfação exibi-lo quando a neve chegava e apareciam todos aqueles pais menos exigentes com seus plásticos e crianças desprovidas.

Sei que foi ele quem o roubou. Eu não o vi fazê-lo – mas eu sei, eu sei.

Era um teste de algo, uma colisão de hábitos, costume a confrontar costume – nossa resolução de exibir nossa qualidade, a resolução dele de desempenhar tarefas não estipuladas.

Por outro lado, é o nosso carpete que se mostra agora uniformemente limpo ao longo de todas aquelas últimas polegadas até a parede, e não o dele!

Não me indisponho a me alegrar com isto.

DE QUALQUER MODO, o homem a quem sou forçado a chamar de amigo – pois que seria desajeitado seguir referindo-me a ele de qualquer outro modo, e suponho que deva dizer que o conheço tão bem quanto conheço qualquer outra pessoa – me telefonou no escritório na segunda-feira seguinte. Já contei que trabalhamos na mesma área?

O sujeito frequentemente me telefona no escritório para falar de negócios. É esta a base de nosso conhecimento mútuo – os negócios.

"Por que você disse aquilo?", disse meu amigo.

"Disse o quê?", eu disse.

"Você sabe", ele disse. "A sugestão de que eu arrumasse um outro arranjo."

"Não é isso que sempre fez? Pensei que essa era a praxe com você", eu disse.

"Não se trata disso", disse meu amigo.

"De que se trata, então?", eu disse.

"Deixe para lá", disse meu amigo, e desligou.

Não fiquei nem um pouco incomodado por nada disso. Para começo de conversa, o homem me cansava – e conduzia uma vida privada não mais notável que a minha própria. Não é que eu seja superior demais para ouvir os segredos de um homem; é que ninguém tem segredos novos. Além do mais, pelo menos do ponto de vista de nossas preocupações conjuntas no tocante aos negócios, o homem tinha mais necessidade de mim do que eu dele. De qualquer modo, já não há dúvida quanto a isto. Você deve se lembrar, o sujeito foi, desde então, reduzido, abatido. No que diz respeito à necessidade, é ele quem a tem em maior quantidade agora.

FOI NA LOJA DE BRINQUEDOS que todos da vizinhança usam que vi o sujeito da vez seguinte. Não havia nada de excepcional no fato de nos encontrarmos lá. Ambos temos filhos: é a loja com melhor estoque do centro da cidade. Encontra-se sempre alguém que se conhece lá.

"Estou preocupado", disse meu amigo. "Por favor, dê-me sua atenção. Tenho sua atenção?"

"Você a tem", eu disse, e fitei de modo expressivo as duas crianças cujas mãos ele segurava.

"Tudo certo", ele disse.

"Sim", eu disse, "mas comigo não está tudo certo", usando, neste momento, meus olhos para conduzir os dele até o ponto em que notassem o menino cuja mão eu segurava.

"Ah", disse meu amigo. "Bom, vou lhe telefonar."

Ele ligou naquela segunda.

"O que é que tem o seu filho?", ele disse.

"Achei que você tinha algo para me dizer", eu disse.

"Eu tenho", ele disse, "mas eu nunca tinha visto seu filho antes, e estava pensando que talvez o meu amiguinho esteja sofrendo as mesmas desditas dele."

"É só catapora", eu disse, arrumando com a mão livre os papéis sobre minha mesa.

"Demora um pouco até as feridas sararem, sabe. Passei por essa merda duas vezes com os meus dois filhos, e pode ser mesmo infernal."

"Sim", eu disse.

"Está me ouvindo?", ele disse.

"É claro", eu disse, acomodando-me agora para o que quer que fosse que estava a caminho.

"Eu lhe disse que estava preocupado", ele disse. "Agora, eis por que estou preocupado."

Não, não, eu jamais daria a ele o que ele queria. "Porque você terminou com ela", eu disse. "E agora está preocupado que ela esteja com raiva, talvez – e se ela estiver com raiva, ela vai fazer alguma coisa, causar algum problema, correto?"

"É isso", ele disse. "Exatamente isso. Então, o que faço?"

"Faça algo que a faça feliz", eu disse. "Desta forma ela não ficará infeliz."

"Mas o quê?", ele disse. "O que poderia deixá-la feliz quando ela está com raiva?"

"Algo especial", eu disse. "Algo atipicamente generoso é o que recomendo no mais dos casos."

"Você tem razão", ele disse, disse que esperava que o rosto de meu filho ficasse sem máculas para breve, agradeceu-me o aconselhamento e desligou.

O senhorio alegou não ter culpa, que não era responsável pela perda de artigos que escolhi armazenar fora de casa, que se eu ousasse deduzir o custo do trenó de meu próximo cheque referente à paga do aluguel, seguir-se-ia a isto o despejo. Observei que o faz-tudo era funcionário do senhorio e que a lógica insistia em que o empregador fosse tido como responsável por furtos cometidos por alguém desempenhando funções segundo as demandas de seu empregador. O senhorio disse que a lógica não insistia em nada parecido, que seu funcionário não era um ladrão, e que, além do mais, eu não tinha provas de nada nem por cima nem por baixo dos panos, e passar bem.

A polícia disse que estava de mãos atadas e que o item perdido, afinal, era apenas um trenó. Mas não pense você que não anotei o número do distintivo daquele pulha, o que dissera se tratar apenas de um trenó.

Quanto ao faz-tudo, quer-nos parecer que o sujeito começou a aparecer em dias de semana.

Não estou em casa nos dias de semana.

Minha esposa está. E ela está com medo, eu lhe asseguro, medo.

MEU AMIGO TELEFONOU. Eu estava quase saindo, e talvez não estivesse prestando lá muita atenção. Talvez eu devesse ter examinado sua proposta com mais cuidado. Mas era uma quarta-feira, e às quartas eu sempre deixo meu escritório um quarto de hora mais cedo do que de costume, isto para ter tempo suficiente de pegar a roupa na lavanderia antes de me apresentar em casa.

Fui bastante cortês, creio. Não creio ter sido especialmente abrupto. Mas acredito que não estava escutando muito atentamente. Como resultado disso, não apenas falhei em ouvi-lo suficientemente bem a ponto de aconselhá-lo com prudência, como tampouco, naturalmente, posso confiar em que reproduzirei suas frases com exatidão. Julgo, no entanto, que ele disse algo próximo a isto:

"Achei, achei a coisa certa. Uma ideia de fato incrivelmente boa, algo extraordinário e generoso, como você disse. Veja, o negócio é que ela estava sempre reclamando que eu me mostrava irracionalmente hesitante em deixá-la tomar parte do meu mundo, estar entre as pessoas com as quais eu estava, esse tipo de coisa. Você sabe do que estou falando – elas fazem isso o tempo inteiro. Digo, uma vez que você está realmente envolvido com elas, o que elas invariavelmente querem é realmente se envolver com você – ouvir dos seus amigos, ouvir dos seus empregos, ouvir da sua esposa, toda essa miséria que *você*, naturalmente, *não* quer ouvir. Elas ficam desse jeito, pressionando e pressionando, querendo mais e mais da sua vida. Oh, Deus, você próprio já deve ter tido experiências com isso que estou falando. Honestamente, eu de fato acho que elas não conseguem evitar. Digo, elas *sabem* que não deveriam, não é? Digo, elas devem saber que, se continuarem desse jeito, vão acabar ultrapassando os limites. Mas elas continuam, continuam – e aí você vai e faz precisamente aquilo que elas não querem, brecar-se, brecar-se cada vez mais, até você pensar que o que não vai mais entregar-lhes é você mesmo. O que quero dizer é, é exatamente por isso que minha ideia é corretíssima. Porque a ideia que eu tive é dar uma festa, uma espécie de festa de despedida – algo que dará a ela aquilo que ela quer, mas terminará as coisas ao mesmo tempo. Só eu e ela e meus dois amigos mais próximos – você e um outro camarada meu –, porque eu sempre contava para ela sobre vocês dois e ela sempre parecia terrivelmente interessada. Me enlouquecia, o jeito como ela ficava pedindo para conhecer vocês dois, eu sempre tendo que inventar desculpas, esses dois grandes amigos que eu tenho que calham de ser meus dois melhores amigos, você e esse outro camarada meu."

Julgo me lembrar de dizer, "Por favor, seja sensato, eu e você não somos assim tão íntimos". Ou posso ter dito, "Por favor, seja sensato, este plano é vulgar e fadado ao fracasso".

Não sei o que disse. Sei que naquela noite, após esvaziar a minha pasta para organizar meus papéis, encontrei uma anotação que dava o nome desse homem, um restaurante, uma data, um horário. Eu ainda tinha isso em minha mão, incrédulo, quando fui embolar os embrulhos da lavanderia para jogá-los no lixo. Não sei por que não descartei o pedaço de papel junto com o resto. Entenda-se que não foi porque eu provavelmente dissera sim ao sujeito e achava-me despreparado para faltar com minha palavra. Talvez tenha sido porque eu *de fato* dissera sim e estava fadado a não desonrar o estranho ímpeto em mim que me impelira a fazê-lo. De qualquer modo, pus o lembrete no bolso e os embrulhos da lavanderia na lata de lixo, ergui o forro plástico, amarrei-o e joguei a coisa toda pelo vão da escada para que o faz-tudo, quando fosse o caso, a encontrasse.

Aquele cretino.

HÁ CATAPORAS e há cataporas – a que meu filho teve foi do segundo tipo. Nós o alertamos para não coçar. Por favor, entenda que se trata de um quilate de menino que respeita os alertas. Sei que ele tentou resistir quanto pôde. Mas uma coceira louca é uma coisa vil, e quando é feroz em sua mania, não há nada a fazer senão meter as garras.

Ele fez o que pôde.

Digo à minha esposa que as lesões que deixaram cicatrizes em suas bochechas verificar-se-ão coisa insignificante nos anos de seu crescimento.

Mas ela chora. Ela chora quando lhe parece, penso, que estou dormindo.

Naturalmente, me ocorre pensar se as cicatrizes são mesmo o motivo pelo qual ela chora. Poderia ser a perda do trenó o motivo pelo qual ela chora. Ou o espectro do desgovernado faz-tudo. Que espécie de criatura sumiria com algo que pertence a uma criança?

Ou poderia ser outro o motivo pelo qual ela chora.

DEVE TER FICADO ansioso, no final das contas, este nosso tolo – porque sou o segundo a chegar e o ouço dizer que estivera sentado esperando por quase uma hora. No entanto, fui pontual, como me é costumeiro. Estava mais do que claro que ele andara bebendo durante todo o período, qualquer que tenha sido, em que de fato esperou.

Era de supor que viera a arrepender-se daquilo que impulsivamente inventara, e é a isto que atribuo sua indulgência apressada e ávida.

"Está com medo?", eu disse.

Ele tentou sorrir em réplica a isto, mas o que esta sua ambição produziu foi uma desproporcionada impressão de zelo grosseiramente desordenado. "Que tipo de coisa para se dizer é essa?", ele disse, e lançou o rosto em direção ao copo de uísque que estivera elevando mais ou menos um grau em relação à horizontal dos lábios.

"Rapaz, você nunca vai conseguir sobreviver a esta noite", eu disse.

"Ah, se vou", ele disse, nem um pouco equipado para rearrumar a distorção que acometera-lhe as faces. "Nunca me senti tão vivo. Nunca tão magnificamente atento. Você não vai se arrepender, amigão, eu prometo."

Eu estava prestes a pedir que meu amigo me desse alguma informação sobre o homem que estava ainda por chegar. Não que eu me importasse de fato, mas só para fazer conversa até chegarem os outros comensais e a catástrofe encontrar-se produtivamente em curso. Foi naquele momento, enquanto eu me preparava para colocar minhas indagações e enquanto meu amigo se esforçava por erguer a mão e pedir mais uma rodada, que fui anomalamente acometido por pensamento dos mais curiosos.

Eu nunca tinha visto o faz-tudo.

O homem poderia ser, de fato, qualquer um. O homem poderia vir correndo atrás de mim de qualquer lugar – e eu jamais saberia que aquele era o homem para o qual eu deveria estar preparado.

Será que minha mulher já tinha visto o sujeito?

Claro que devia ter visto – afinal, ela não ouvira a reclamação dele acerca do trenó?

Sei que parecerá curioso quando eu lhe contar que a questão do faz-tudo, minha inquietação diante do fato de que jamais o tinha visto, capturou minha atenção de tal maneira que me resta apenas a mais vaga memória da beberagem e da comilança e da conversa à mesa que se seguiram. Sei que o segundo mostrou-se um sujeito um bocado amável e que descobrimos, mais ou menos, interesses em comum. A mulher era bem agradável, falando a verdade – suficientemente bonita e não desprovida de inteligência. Não posso, receio que deva confessar, recordar-me de muito do que qualquer um disse, embora creia que a conversa miúda tenha prosseguido de modo simpático e que a mulher parecia genuinamente feliz de estar conhecendo a mim e ao outro sujeito. Contudo, ela não fez nenhum grande esforço, conforme me lembro, para nos fazer falar de maneira íntima – nem tampouco pareceu particularmente inclinada a conversar com meu amigo. Em resumo, ela mostrou-se aceitavelmente polida e sociável, ainda que um pouco distante, e eu, de minha parte, pretendia respeitar qualquer distância que ela parecia desejar estabelecer.

Julgo ter me atido a esta posição.

Não posso dizer que ela tenha evidenciado a menor surpresa diante do fato de que nosso amigo estava tornando-se progressivamente inebriado a grandes e vastos saltos, ou tropeços. Eu, certamente, não estava – e, falando pelo outro sujeito, suponho que não estivesse também. A noite resultava não de todo desgraciosa, considerando-se o terreno perigoso pelo qual avançávamos – tudo se resolvendo em comida e bebida, algumas implicâncias picantes, ainda que cordiais, e até mesmo alguns momentos de riso inegavelmente camarada.

Durante todo esse tempo, tal como contei, era o faz-tudo que permanecia principalmente em minhas considerações. Ou, para colocar a questão de maneira mais descritiva, era tarefa da minha mente tirá-lo de si – e enfocar minha atenção naquilo que se desenrolava diante de mim. Mas não posso dizer em que medida fui capaz de livrar meus pensamentos do suíno faxineiro e abri-los para o decoroso drama que se encenava à mesa. O que me lembro com acuidade foi quando meu amigo começou a dar pequenos puxões na minha manga.

"Banheiro", ele disse.

"Você quer ir ao banheiro?", eu disse.

"Banheiro", ele disse, beliscando ainda minha manga e dando-lhe puxões.

"Rapaz, rapaz, você consegue dar conta sozinho", eu disse, mais divertido que aborrecido, na realidade.

Todos assistimos enquanto ele foi embora, cambaleando.

Ele parecia abrir caminho bem o suficiente – pisando de maneira incerta, mas inspirando apostas seguras de que conseguiria desempenhar sua missão sem auxílio.

Nós o vimos dobrar uma quina e depois seguimos conversando. Creio ter introduzido o assunto do trenó, uma contravenção desprezível, um ultraje que não me deixava em paz. Devo acrescentar que meus companheiros pareciam bastante dispostos a discutir o assunto, a registrar mais uma insuportável instância das taxativas circunstâncias que nós, habitantes urbanos, somos instados a tolerar.

"Vândalos", eu disse. "Uma cidade de vândalos."
"Vivemos no medo da pilhagem", disse o outro sujeito.
E a mulher acrescentou, "Ninguém está a salvo".

ESTÁVAMOS PROGREDINDO bastante rapidamente com o assunto, devo dizer. Mas a conversa de súbito cessou quando todos nós compreendemos, como se fôssemos um só, que nossa vítima estava ausente há tempo demais.
    Será que alguém deveria dar uma olhada?
    A mulher disse, "Ah, ele sempre demora uma eternidade".
    Lembro de pensar que aquele fora o primeiro comentário indelicado da mulher naquela noite e fiquei levemente desapontado diante do fato de que aquela pequena mostra de mau gosto seria provavelmente o máximo que ela se permitiria. O outro camarada estava a ponto de levantar-se quando todos nós vimos nosso amigo aparecer de detrás da quina, tropeçando em nossa direção, mas fazendo o trajeto de modo razoavelmente eficaz.
    Quando ele já tinha se abancado, a mulher dirigiu-lhe a palavra com certa firmeza. "Você sempre demora uma eternidade", ela disse, dizendo-o de maneira clínica e não com a familiaridade, por um lado, nem a irritabilidade, por outro, que se esperaria, dada a história subjacente à nossa pequena congregação.
    Creio ter ficado atônito diante de quão equilibrado o caso todo estava se mostrando. De certa forma, o caráter tranquilo da noite foi seu aspecto menos tedioso, sendo a suposição comum a de que o esperável acabaria por acontecer em seu devido momento. Sim, eu tinha gostado disso por esse motivo, ou desgostado. Agora não consigo dizer qual dos dois.

EU NÃO PERGUNTEI À ELA por que chora. Talvez ela não saiba. E o que se pode dizer disto, do saber?
    Além do mais, não importa qual fosse a explicação plausível que ela optasse por me dar, já não sou bastante versado no plausível?
    O que as lesões deixaram no rosto do meu filho foi exatamente o que supus que deixariam. Ele as coçou – ele não conseguiu abster-se de coçá-las.
    O senhorio mandou uma carta revisando o procedimento para o descarte do lixo. Pede que eu volte a meu habitual respeito pelo recinto. Responderei que meu respeito pelo recinto não se abalou. Responderei que, em todos os aspectos, sou inabalável.

Responderei que meu filho, quando o momento chegar, será inabalável, e que tampouco minha esposa se abala.
Pergunto-me se saber disto alarmaria o cretino.
Pergunto-me o que pensa o cretino.

NÃO SEI por quanto mais tempo ficamos falando e comendo e bebendo, até que nosso anfitrião rompeu seu silêncio para dizer:
"Não demorei uma eternidade."
Nós o fixamos.
"Está respondendo a alguma coisa que eu disse?", a mulher disse.
Nosso anfitrião devolveu o olhar fixo, recusando-se a falar ou já para lá da fala – não valia a pena discernir.
"Está replicando a algo que algum de nós disse?", eu disse.
"Telefonando", ele disse.
"Você estava telefonando?", disse o outro sujeito. "Ou será que quer usar o telefone agora?"
"Telefonando", disse nosso amigo.
"Você estava telefonando", disse a mulher, "e é por isso que demorou tanto – estou certa, meu bem? E para quem estava telefonando?", ela disse, a voz sem nenhuma inflexão provocativa ou irritada, uma voz branda e não destituída de charme.
"Esposa", disse meu amigo, inclinando-se ligeiramente para a frente ao enunciá-lo e depois murchando de volta na cadeira.
E depois escorregou até cair de cima dela.
Calhou de eu estar mais próximo dele, e fui, consequentemente, a pessoa obrigada a içá-lo do chão e acomodá-lo novamente. Mas o homem estava me puxando pelos trajes para baixo e suponho ter sido o único a ouvi-lo. Afinal de contas, ele mal conseguia falar mais alto que um sussurro agora. Falando a verdade, os outros já não lhe estavam prestando atenção. Com efeito, pareciam ter revisitado o tópico das devastações urbanas e exploravam-no agora com certo deleite.
"Passando mal. Venha me levar para casa. Esposa", disse o tolo carrapato.
"Não mesmo, meu rapaz", eu disse. "Você está dizendo que ligou para sua esposa? Você pediu que ela viesse levá-lo para casa? Que ela viesse até aqui?"
Mas sua única palavra para mim era mais da mesma.
"Esposa", disse meu melhor amigo.

30

EU ESTAVA PREPARADO quando chegou o contraventor. Indubitavelmente, pressupôs que um improviso me tiraria dos trilhos, sua randomização dos dias de semana e das horas em que faxinava. Decerto ele não poderia ter previsto que eu também poderia me ater a uma rotina indeterminada, variando o horário em que partia para o escritório, o horário em que voltava para casa, jamais repetindo meu comportamento por muitos dias seguidos. Não se engane, não sou sem minhas manhas.

Eu estava preparado.

Eu podia ouvi-lo lá embaixo, pelejando para subir os degraus até o segundo patamar, sem dúvida mourejando sob o peso e o vulto do volumoso aspirador de pó que usava. Eu jamais vira a máquina e jamais o vira, mas imaginava que ambos eram grandes – imensos, talvez. É por isso que tinha o martelo em minha mão quando abri a porta para assumir meu posto no topo da escada.

É claro que ele largou de subir ao me ver.

Ele abaixou a máquina para poder livrar-se de seu fardo, uma botija vermelha brilhante bastante parecida com um tambor de petróleo decorativo, a espessa mangueira volteada ao redor de seu atarracado e escuro pescoço, serpente de alguma espécie, propriamente uma serpente!

"O que você quer?", ele disse.

"O trenó", eu disse.

"Trenó?", ele disse. "Eu não tenho nenhum trenó."

Ele não era um homem grande.

Eu não sou um homem grande. Mas ele tampouco era grande – ou, pelo menos, foi assim que me pareceu, vendo-o ao longo da linha diagonal que estendia-se de minha pessoa até ele. E ele era velho. Sessenta ou mais. Não que se possa realmente saber com gente do tipo dele.

"Seu criminoso", eu disse, e ergui o martelo para me certificar de que ele entendera que eu não estava brincando.

"Você é louco!", ele me gritou de onde, com notável desconcerto, se encontrava.

"Louco?", eu gritei. "Você está me chamando de louco?"

Desci dois degraus.

Ele reagiu empurrando o aspirador de pó contra o corrimão de ferro e fixando-o ali com o joelho.

"Homem louco, homem louco!", ele gritou. "Me deixe em paz, você me deixe em paz, senão eu conto!"

"*A quem* você vai contar?", eu gritei. "Quem contará sou eu! Vou contar para eles que você me chamou de louco! Eu vou contar, sua imundície! Eu vou contar que você chamou o pai de um menino de louco! Eu vou contar para eles que, se sou louco, foi você quem me enlouqueceu! Imundície! Sujeira!", berrei. "Vá buscar o trenó onde quer você o tenha escondido ou eu lhe dou com isso!"

Ergui mais alto o martelo.

Ele soltou o aspirador de pó, o qual foi caindo com pancadas, sua soturna queda estrondeando conforme o barril de aço colidia contra a pedra por todo o trajeto até o chão.

Ele era rápido para um homem de sua idade, esbaforindo-se escada acima com rapidez atordoante. Mal tive um instante para me preparar, para brandir com a força necessária.

Eu o atingi. Eu o atingi no rosto.

Acho que foi um golpe em cheio.

EU TINHA ACABADO de endireitar meu amigo em sua cadeira quando a mulher que estava vindo em nossa direção gritou. Seu grito foi alto o suficiente para que todos nós ouvíssemos.

"Eu levo ele!", ela disse, e todos os comensais se voltaram boquiabertos a fitar, aguardar.

Esta seria uma cena de que todos poderiam desfrutar, o teatro que está implícito em todo contexto público.

Você sabe o que quero dizer. Somos todos idênticos também neste particular, em nossos preparos para o pandemônio, em nos aprontarmos com segurança para que ele venha bagunçar a ordem que tão surpreendentemente se estabelece. Eu, de minha parte, nunca me impressiono com o aumento estatístico nos assassinatos e atentados, acreditando que o que quer que seja que nos governa e nos contém e nos impede de obliterar tudo que está à vista jamais poderá fazê-lo por muito tempo com nossa conivência.

Ela adiantou-se, fazendo uma figura robusta por entre as mesas paradas, berrando-nos conforme ia se aproximando, "Eu levo ele! Eu levo ele!".

Esta seria a esposa, pensei, e era isto que de fato ela era.

Pus-me de pé para fazer as apresentações, e o outro sujeito, instruído por minha cortesia, pôs-se de pé também.

"Meu nome é", comecei, todo boas-vindas. Mas sua atenção estava fixa em um ponto ao meu lado.

"Não dou a mínima para o seu nome", ela disse, olhando primeiro para seu marido e depois para a mulher que ainda estava sentada. "Quero saber o nome dela."

A segunda mulher não perdeu um instante. Ela empurrou a cadeira para trás e levantou-se. "Meu nome?", ela disse, sua voz não menos moderada do que quando dissera "Ninguém está a salvo". Lembro-me de pensar que se tratava de uma mulher maravilhosamente controlada, a própria imagem do legislativo, do Estado. Lembro de me perguntar como seria adentrar seu leito, receber sentimentos expressos com tamanha temperança. Imaginei que seria uma experiência agradável, recordando a mim mesmo que uma reserva que nada pode esfacelar é imensamente mais excitante que a besta interior tornada manifesta. Será isto que taxa minha simpatia por minha esposa?

"Minha querida", disse a segunda mulher, "eu sou a pessoa com quem seu marido esteve dormindo até umas poucas semanas atrás."

TEMOS UM NOVO TRENÓ AGORA – não um de plástico, mas um produto feito a partir de algum material de madeira prensada, um compósito, talvez. Ainda assim, é um Flexible Flyer, e é o melhor que se pode ter. O que compramos era um tamanho maior que o nosso.

Suponho que, de uma forma ou de outra, acabaríamos tendo de abrir mão do outro. Isto é certo, meu menino está crescendo.

Pergunto-me que espécie de desfiguração o faz-tudo exibe no rosto. Tratava-se de um martelo de maquinista e, portanto, a superfície de golpeamento era redonda, uma pequena saliência da amplitude de um nariz, no máximo.

Ele ainda presta serviços no edifício, segundo alguma agenda irregular criada pelo próprio. Mas eu, naturalmente, retornei a meus velhos hábitos, saindo de casa pontualmente às nove, de volta à minha porta às seis em ponto, exceto, naturalmente, às sextas e quartas, quando vou buscar as roupas na lavanderia e quando faço as compras para a casa.

Você talvez esteja se perguntando se passei a colocar o trenó maior no corredor, onde era mantido o desaparecido.

Sim, na verdade.

Entendo, por minha esposa, que o sujeito ainda reclama quando vem limpar o carpete. Ele quer que aquele pedaço oblongo fique tão limpo quanto o resto – e insiste que, para tanto, não ressituará um trenó.

Minha esposa diz que o velho está muito zangado diante de nosso fracasso renitente em cooperar, que ele está ameaçando remover toda e qualquer obstrução que interfira em seu trabalho. Minha esposa diz que o faz-tudo diz que somos loucos de continuar provocando-o dessa maneira. Minha esposa diz que é isso que o homem diz – se é que é de sua disposição aceitar sem reservas os contos contados por uma esposa tal como a que tenho.

Culpa

EU ME SENTIA ADORADO. Sentia-me adorado por pessoas e coisas. Não meramente amado. Adorado, até mesmo venerado. Eu era um anjo, nascera anjo. Lembro-me de saber que não precisava fazer nada especialmente angelical para ser visto a esta luz. Era um abençoado, ou sentia-me abençoado. Não creio que este sentimento tenha exatamente surgido. Não creio que tenha crescido conforme eu cresci. Creio que estava comigo desde o princípio. Era onde eu me firmava. Era a única coisa de que eu tinha certeza. Ele se movia comigo quando eu me movia. Ele era reconhecido por todos que me viam chegar. Os animais sabiam, os cães da vizinhança sabiam, todos os pais sabiam, não apenas os meus. As calçadas sabiam. Se eu pegasse um pedaço de pau e o segurasse, sabia que o pau estava me segurando de volta, que estaria disposto a me abraçar, se pudesse. Tudo me abraçava de volta, ou, pelo menos, queria fazê-lo. O céu queria me tocar com seus braços quando eu saía para brincar.

Eu tinha olhos azuis e cabelo louro e era muito bonitinho. Nestes particulares fui privilegiado, é verdade. Mas eu não era vulnerável por causa deles. Quero dizer, a condição de adoração em que eu julgava que me tinham não era, de forma alguma, dependente da beleza. Isto não era opinião minha, nem nada suscetível a testes, provas, refutação por argumentação ou circunstância. Dizer que esta compreensão era condicional não teria atestado outra coisa senão o testemunho de que a própria experiência é condicional.

Claro.

Não sejamos tolos.

QUERIA PODER PENSAR em um jeito de fazer com que a fala adentrasse isto aqui sem interromper as coisas. Mas não acho que possa fazê-lo. Se presenças pudessem falar, eu então seria capaz. Presenças são o que contam nisto que estou fixando no papel, agora que tenho 47 anos. As pessoas não contam. Nem mesmo Alan Silver conta.

Ademais, não consigo me lembrar de uma única coisa que Alan Silver tenha dito. Ou que qualquer outra pessoa tenha dito.

Eis o que me lembro.

Eu me lembro da condição de ser abençoado até os sete anos. Eu estava a salvo.

Depois, nos mudamos para uma vizinhança diferente, uma outra cidade. A guerra estava em curso e penso que meu pai estava lucrando com ela. Ele tinha mais dinheiro, não importa como o conseguia. Isto era uma certeza, não especulação. Na velha vizinhança, éramos inquilinos. Havia uma vaga vergonha nisto de sermos inquilinos. Eu sabia disso. Os meninos com quem eu brincava devem ter falado, ou suas babás. Suponho que estavam tentando interferir na magia que me circundava. Suponho que me invejavam. A inveja já me havia sido explicada. Não sei quem explicou. Suponho que tenha sido minha mãe. Suponho que ela me tenha ensinado, que ela tenha dito que eu esperasse inveja, que eu me preparasse para ela, que eu não me deixasse surpreender por ela, que eu me fortificasse, que eu permanecesse vigilante.

Admito, não funcionou. Havia vergonha ligada ao inquilinato, ainda que fosse apenas inveja aquilo que os inspirava a me fazer ciente de que era isso que nós éramos, isso o que tínhamos sido, inquilinos em uma vizinhança onde todos eram donos.

A mudança não derrotou isso, no entanto. O que quero dizer é que, entre o momento em que fiquei sabendo que nos iríamos mudar e o momento em que nos mudamos, eu não me defendi. Eu não disse às babás que estávamos prestes a ser donos. Não sei por que não fiz isso. Devo ter pensado que mudar-se era mais vergonhoso do que alugar, mesmo se você estivesse prestes a se tornar dono.

Talvez eu tenha pensado que precisávamos ir para outro lugar para sermos donos, que não podíamos ser donos aqui.

Não sei.

Não foi tão terrível.

Isto era quão a salvo eu me sentia, quão adorado eu acreditava ser, até mesmo pelas babás. Especialmente pelas babás.

Estou contando tudo.

As babás me adoravam porque eu não tinha uma. Isto era um bônus. Punha reverência em cima daquilo que elas já me davam.

A vergonha de alugar era a mesma. Suplementava o sentimento universal de bênção. Era vergonha e pretendia-se que eu me envergonhasse deste conhecimento, mas contribuía também para

o bem-estar que eu deveria desfrutar. As babás e os meninos de que tomavam conta entenderam que meus interesses estavam assegurados, talvez intensificados, na mesma medida em que as humilhações eram empilhadas sobre mim.
Eu entendi isso.
Eu entendi que era estranhamente superior não ser tão bem de vida.
Eu entendi que era boa coisa eu ser uma criança assim, mas não era boa coisa para os adultos responsáveis por isso. A vergonha, na verdade, pertencia a eles. Eu tomava parte dela apenas na medida em que podia me beneficiar, ser estimado, por conta dela, como mais angelical.

MAS ENTÃO NOS MUDAMOS.
A velha vizinhança era velha com relação às casas. A nova vizinhança era nova da mesma maneira.
Casas ainda estavam sendo erguidas.
Você precisa imaginar isso – um terreno, tudo escavado, sobretudo lama, três casas acabadas, cinco casas acabadas, sete casas acabadas, mas tudo parecendo inacabado.
Ficou assim durante anos. Até mesmo depois do fim da guerra, ainda tinha esse aspecto: inacabado.
Todos eles tinham dinheiro de guerra. Era isso que as pessoas diziam. As pessoas diziam que tinham sido os lucros de guerra que nos tinham conseguido essas casas. As empregadas diziam isso.
Não havia babás nesta vizinhança.
As empregadas eram negras e não gostavam das pessoas para quem trabalhavam. Quando só havia crianças em volta, as empregadas falavam de modo que as crianças as escutassem. Às tardes, antes de começarem a aprontar as jantas, as empregadas ficavam paradas na rua, suficientemente próximas de onde as crianças estavam brincando. Agiotagem era uma palavra que se escutava porque ocorria um bocado – eles.
Havia lama por toda parte em todas as estações do ano. Na vizinhança velha, tudo tinha acabamento e um telhado de duas águas e vigas escuras escuramente atravessando o estuque cor de creme, por vezes torreões nas quinas. E havia grama.
Estou contando a parte da agiotagem apenas para mostrar como eu era encantado. Vejamos se me compreende.
Escute. Digamos que eu tivesse sete anos e meio, oito, não ainda

nove. Mas eu sabia. Eu sabia que lucros de guerra eram coisa muito pior que o inquilinato. Sabia que as empregadas queriam circular uma malignidade, magoar as crianças que ouviam, certificar-se de que as ouvíramos dizer eles.

Eu ouvi. Não acertou aquilo que me colocava num lugar mais alto que o resto.

Alan Silver fez isso. Foi Alan Silver quem me rebaixou ao nível de todos, menos o dele.

EIS O QUE ACONTECEU.

Alan Silver mudou-se. Ele se mudou quando havia sete casas e outras quatro sendo erguidas. Ele tinha doze anos. Talvez então eu já tivesse nove. Então esses são os meninos de duas casas. As outras cinco casas também tinham meninos. Havia meninas, naturalmente. Todas as casas tinham meninas, mas não consigo me lembrar de nenhuma. Exceto a irmã de Alan Silver. Ah, não há senão uma razão para que eu me lembre dela. Ou de uma memória dentro da qual encontra-se a irmã de Alan Silver.

As meninas não contavam.

Não saberia dizer quanto contavam os meninos.

Eu era o mais novo. Depois veio Alan Silver. Os outros eram mais velhos. Mas eu não sei que idade tinham. Havia cinco deles, e eram brutamontes. Talvez não fossem brutamontes, mas eu achava que eram. Esta opinião advinha diretamente da política deles com relação à lama. Quero dizer, eles brincavam nela, ou então a pegavam com as mãos e comprimiam-na e arremessavam contra as pessoas. Se me arremessassem uma, eu me sentava até secar. Se arremessavam a lama entre si, seguiam brincando.

Nunca arremessaram lama em Alan Silver, não que eu tenha jamais visto. Mas eu nunca vi Alan Silver brincando lá fora. Não sei onde ele brincava. Talvez brincasse do lado de dentro. Talvez frequentasse outro bairro. Eu nunca brinquei com Alan Silver. Eu nunca falei com Alan Silver. Eu nunca o olhei de perto.

Mas eu o vi. Todos o viram. Todos falavam dele. Não os meninos ou as empregadas, mas os pais. Os pais diziam que ele era um anjo. Ele parecia um anjo. Ele tinha cabelos loiros e olhos azuis e era bonitinho do jeito que diziam que eu costumava ser, mas que ele ainda era, embora já contasse doze anos.

Foi quando deparei com esta crença que me senti mudado. Eu não estivera reparando no que estava acontecendo. Eu estivera ultrapassando minha beleza e não tinha reparado. Não é assombroso? Parar de ser o mais bonito?

Pela primeira vez na vida me senti vulnerável. Pela primeira vez na vida senti que eles podiam me atingir, tudo poderia simplesmente vir até mim e me tomar, me penetrar, me matar, me encontrar na minha cama, me asfixiar, me envenenar, e meus pais não tentariam impedir, prefeririam ter Alan Silver.

Vou lhe contar como lidei com isso. Parei de sair tanto. Fiquei longe dos lugares onde poderiam me enlamear – e se me enlameassem, eu não ficava esperando até secar, saía correndo de volta para casa para me limpar. Isto significava deixar rastros ainda piores pela casa. Então, a coisa não melhorou em nada, porque a empregada gritava ou minha mãe gritava ou ambas gritavam – e quando elas o faziam, eu podia vê-las ansiando que Alan Silver tomasse o meu lugar.

Eu conseguia ver o desejo.

Da mesma maneira como eu sentia que o céu eventualmente estenderia seus braços até mim lá embaixo se ao menos os tivesse, eu conseguia ver um coração vermelho no céu imediatamente acima dos telhados – um coração vermelho, vermelho.

Era o desejo. Era o desejo de uma vizinhança. Era tudo, tudo quanto é terreno, e também Deus, decidindo que desejava, em vez de mim, Alan Silver.

A PRIMEIRA COISA que ouvi foi a sirene. Eu estava nos fundos da minha casa, mantendo-me limpo. Talvez a empregada tenha ouvido a sirene primeiro. Talvez ela tenha corrido até a porta da frente primeiro, ou talvez tenha sido eu. Mas o que lembro é de nós à porta, olhando para fora.

O carro dos bombeiros está no fim do quarteirão. No momento em que estamos ali olhando, os bombeiros ainda não estão lá dentro. Em seguida há os gritos. Mas eu e a empregada ficamos parados à porta.

O grito vem dali, daquele lado ali, e daquele lado ali acorrem a mãe e a irmã de Alan Silver e são elas que estão gritando, e eu nunca ouvi gritos como estes antes, essa gritaria toda percorrendo todo o caminho daquele lado ali até o fim do quarteirão, e a mãe de Alan Silver está puxando os cabelos, ou talvez esteja puxando os cabelos da irmã enquanto vão correndo – até lá onde o carro de bombeiros estacionou. Depois estão todos correndo de todas as casas acabadas. Estão todos gritando e se encaminhando até o carro dos bombeiros, mas mantendo-se um pouco atrás da mãe de Alan Silver e da irmã de Alan Silver, se bem que elas tivessem saído de uma casa mais próxima.

Não sei o que é que me deixa mais impressionado – as pessoas puxando os cabelos ou o carro de bombeiros no quarteirão ou ver a vizinhança inteira do lado de fora de uma vez só.

A vizinhança inteira está lá onde está o carro de bombeiros e onde os bombeiros estão saindo de uma casa inacabada, a última no fim do quarteirão. Depois eles saem e depois eles entram e depois eles saem e depois eles entram, e é nesse momento que eu noto que a empregada não está mais ao meu lado onde estou.

Minha casa está vazia, afora eu.

Sabe para onde todos foram? Foram todos para lá, onde eu sabia que havia algo terrível.

EU ENTREI.

Voltei ao cômodo onde eu estivera. Acho que era a cozinha ou a sala de desjejum. Voltei a comer meus biscoitos com leite.

Da vizinhança inteira, fui o único a não ir até lá. Mas não era eu jovem demais para ver uma coisa daquelas?

Eu sabia que tinha de ser uma coisa daquelas.

Dias depois, começaram a falar a respeito – os parentes, as empregadas, mas nenhuma das crianças.

Eu entendera na soleira – ou entendera enquanto comia os biscoitos com leite atrás dos quais tinha voltado.

Ele viveu em coma por um período de tempo.

Mas eu sabia que ele morreria.

Disseram que os cinco meninos estavam brincando com ele quando ele caiu. Disseram que ele caiu do lugar onde iriam construir o último pavimento. Disseram que ele caiu pelo vão onde se colocaria a chaminé – até o concreto que já haviam despejado no porão para o porão lá embaixo.

Eu me lembro de pensar, "O que Alan Silver estava fazendo brincando com aqueles meninos?". Eu me lembro de pensar, "Ele estava brincando com aqueles meninos enquanto eu me mantinha limpo?".

"Alguém o empurrou", eu pensei.

Eu pensei, "Qual menino fez isso?"

Eu queria dizer a todos que não tinha sido eu.

Eu tenho 47 anos de idade.

Ainda quero dizer que não fui eu, não fui eu, que sou inocente,

inocente – juro que sou.

Sou Largo

MINHA ESPOSA E FILHO PEQUENO estavam ausentes naquela semana, tendo se subtraído aos apuros cotidianos para uma breve estada em lugar de clima melhor. Passei bem a primeira noite e permaneci igualmente bem na segunda e na terceira, alimentando-me com o que havia nos armários e guarda-louças e despensa e fazendo o que parecia esperado de mim no sentido de arrumar. Porém, a cada noite eu postergava a hora de meu recolhimento um pouco mais em relação ao horário em que, na noite anterior, buscara o santuário de minha cama – de modo que na quarta noite o dia estava praticamente amanhecendo quando busquei a segurança dos travesseiros e da manta. Eu não estava, bem entendido, passando as horas insones de nenhuma maneira específica, excetuando-se a regularidade dos poucos momentos em que tratava de minha nutrição e da subsequente limpeza do recinto. Mas não consigo dizer com precisão o que fazia, salvo que penso ter gasto a maior partícula do tempo a caminhar de um cômodo a outro e a observar os objetos que os caracterizavam. De todo modo, foi no decurso da quinta noite de sua ausência – refiro-me à ausência de minha esposa e meu filho – que fui subitamente capturado, em minhas deambulações, pela impressão de que eu deparara acidentalmente o pensamento de minha vida. Foi enquanto eu contemplava o assento de uma cadeira com lambris do período jacobino e me perdia na pátina alcançada por meu enceramento semanal de sua superfície que pensei: "Por que cera?" Digo, foi um pensamento absolutamente estupeficante – *Por que cera?* Com efeito, por que jamais encerar-se qualquer coisa quando se podia, em vez disso, revestir uma superfície com – ahh – goma-laca!

Fiquei positivamente enlouquecido de entusiasmo, acometido de um delírio de um calibre o qual não me sinto competente para descrever. Lembro-me de pensar, "Meu Deus, olhe só para mim, um camarada ordinário abandonado por mulher e filho, exultante agora ao entrar na posse da mais sublime invenção!". Considerei rapidamente os punitivos trabalhos de todas as pessoas que, por anos e por eras, haviam-se empenhado na rude prática de espalhar por sobre e depois esfregar e polir, isto quando uma única camada de goma-laca poderia dar cabo de tão bronca industriosidade para todo o sempre.

    Encaminhei-me primeiro às prateleiras que usávamos para o armazenamento de todos os produtos inflamáveis, peguei o que podia fazer as vezes de lata e pincel e dei-me pressa até meu armário, extraindo deste os dois pares de sapatos de que era então dono e carregando-os para a sala de estar, detendo-me a meio caminho para ajuntar diversas seções do jornal de domingo da pilha que, segundo nosso hábito, deixamos sempre acumulando de domingo a domingo.

    Ora, seu brutamontes! Achou honestamente que meu alvo era a mobília? Por Deus, não! Goma-laca na madeira já é coisa conhecida – ao passo que quem jamais pensara em *sapatos*?

    Dispus as coisas.
    Estendi o jornal.
    Retirei a tampa da lata.
    Inspecionei o pincel para ver se não havia poeira ou pelos.
    Já comentei que tanto minha mulher como meu filho são abençoados com cabelo do mais fino filamento? De todo modo, lancei-me ao trabalho e pus as tentativas para secar, dormindo mais satisfatoriamente do que tivera a sorte de fazê-lo em anos.

    Porém, quando regressei de meu escritório na noite seguinte, ambos os pares encontravam-se ainda úmidos – duas noites depois (eu estava escandalizado), não estavam mais secos que aquilo. Foi só naquele instante que percebi que estivera calçando galochas.

    Ataquei-os com uma lâmina de barbear, os sapatos, raspando-os. Raspei e depois tentei um solvente. Admito – desta vez não me dei ao trabalho de buscar jornal. Já não gostava do piso, tanto quanto não gostava dos sapatos.

    Não vou fazer com que isto dure para sempre.
    Eu assassinei aqueles sapatos.
    Eu os golpeei – cavuquei-os e revirei-os e apunhalei, apunhalei.
    Quase ao amanhecer, atirei-os no lixo e vali-me do aspirador de pó para sumir com os retalhos de couro. Podia ver, no entanto, os pontos onde eu não conseguiria reparar o piso com esta mesma medida. O solvente abrira buracos no verniz. Estava pustulento, o piso. Era uma infestação.

    Faltei no escritório após esfregar as mãos para tirar as manchas. Fui, de galochas, direto a uma sapataria, tomei assento, estirei uma galocha, disse, "Tamanho 43, largo. Dê-me um sapato Oxford".

"O senhor quer dizer um Derby?", disse o simplório.

"Isso", eu disse. "E largo. Sou largo."

"Um instantinho", ele disse, e a compra efetuou-se, toda aquela nojeira terminada em questão de minutos.

Eu estava bem. Por todo o trajeto de volta para casa, senti-me bem. Pelo resto do dia comi biscoitos e arrumei as coisas e encerei aqueles sapatos. Foi só quando me pareceu que os sapatos não ficariam mais lustrosos que parei e fiquei ali acocorado observando as coisas, estudando as cadeiras e mesas, todas as superfícies sobreviventes que brilhavam. Foi naquela altura que me senti apto a encarar o que mais eu dissera àquele janota da loja quando ele me perguntou por que raios eu estava usando galochas agora que já não havia neve nas ruas.

Ah, escute só eu me escutando!

"Escute", eu disse, "eu tenho esse menino, Deus o abençoe, ele tem sete anos, e tudo que ele faz, ele faz para me agradar. Daí, o que acontece? Quando eu me distraio, o que acontece? Escute", eu disse, levantando agora a voz para que todos na sapataria me ouvissem, "aquele menino, aquele menino maravilhoso, ele pega e põe goma-laca em cada um dos meus sapatos para dar-lhes um brilho duradouro!"

Cheguei até mesmo a rir quando todos riram.

Compreende o que estou lhe dizendo?

Pisquei o olho até não poder mais – eu, um homem.

MAGINAÇÃO

X ERA PROFESSOR de histórias de ficção e Y estudante das mesmas. X era um professor de histórias de ficção notável. Nas opiniões de A a Z – excetuando-se a de Y –, X era o melhor professor de histórias de ficção que jamais existira. Ainda assim, Y buscou X para instruir-se – pois, embora Y não estivesse disposto a ter as habilidades de X na mais alta das contas, Y as tinha em conta suficientemente alta. Talvez visse os imensos dons professorais de X como fazendo-o merecedor do status de "segundo melhor", ao passo que o melhor de fato nada tinha a ensinar a Y.

Y era pessoa cabeluda e de modos muito graves. X, por outro lado, tendia ao careca e mostrava-se leve em todos os aspectos, salvo dois – sua esposa sendo um e o outro, as histórias. Em se tratando destes dois assuntos, X mantinha seu domínio do mundo tal como o via, jamais abrindo um sorriso com relação a nenhum dos dois tópicos, prática que Y achava tola e cansativa. Mas é claro que Y não tinha nem esposa nem vocação para viver dentro de histórias. Y queria escrevê-las, criá-las – e, quanto a mulheres, divertia-se em vez disso com répteis.

Escute X comentando as histórias de Y, as quais julgava as mais fracas entre todas as produzidas em sua aula.

"O que este dragão está fazendo aí? Por que um dragão?"

"Dinossauros estão extintos. Escreva sobre o mundo tal como ele existe em nosso tempo."

"Muito bom, exceto pela cobra. A cobra é um deus ex machina. Você não compreende que não pode simplesmente meter uma cobra aqui para dar conta de uma dificuldade produzida por pessoas?"

X gritava. X tinha paixão por histórias. Na opinião de X, era delas que a realidade obtinha suas ideias. Y, por sua parte, ouvia X com interesse. Afinal de contas, Y buscara X para instruir-se.

"Pelo amor de Deus, homem, por que pterodáctilos? Você não pode substitui-los por uma família de fazendeiros?"

Y sorria, então. Ele tinha tantos cabelos, e todos pareciam sorrir com ele quando sorria. Isto fazia X pensar em Sansão, toda essa cerração feroz, e em sua própria pessoa praticamente despelada. Pobre X, seu corpo era frágil, mas sua mente, observou, era muito forte.

ENTÃO X CONHECEU Z.
Ó Z!
Z não era nem professora nem estudante de ficção. Z não se importava nem um isto com histórias de ficção, e certamente não defenderia posição alguma no debate entre X e Y. As tendências de Z restringiam-se a partes de seu corpo e aos usos que delas se poderia fazer.
Como pode ser que uma tal criatura fosse dar às vistas de X?
Em uma versão, quem propõe X é Y, apresentando-a a X como barbeira de Y, a pessoa cujas atenções davam conta do vigor e da abundância dos cabelos de Y.
Em uma segunda versão, a esposa de X é a agência através da qual conhecem-se X e Z, tendo a primeira mulher ouvido que a segunda podia fazer maravilhas na batalha contra o cabelo minguante – restaurar o crescimento, prolongar a vitalidade, operar um milagre.
Em qualquer uma das versões, Z o fazia – barbeava X antes e depois de suas aulas, programa este que Z manteve até que o marido de Z voltou para ela, tornando necessário, portanto, que X e Z encontrassem outra privacidade para que os talentos de Z continuassem prosseguindo no tocante ao cabelo de X.
Da insuficiência do mesmo, posto melhor.

É AQUI QUE Y volta à história.
Em uma versão, X e Y estão discutindo acerca de uma das histórias de Y, e X decide ceder de modo a poder pedir de Y um certo favor – em termos os mais vulgares, o uso da cama de Y.
Em uma segunda versão, Y comenta a condição melhorada do cabelo de X, com que então X, para quem tudo é uma história de ficção salvo as histórias que não são reais, vislumbra a maneira de fazer com que esta "resulte", resolvendo o conflito que as pessoas produziram, e isto sem recorrer a nenhum maldito deus ex machina.
Em qualquer uma das versões, X e Z obtêm a cama de Y.
Ou estavam prestes a tanto, posto melhor.
Pois seria necessário, em primeiro lugar, que Y desse a X

um molho de chaves e um alerta, sendo este último o seguinte
– abandonar o recinto antes de determinado horário, já que uma
faxineira e uma pessoa com uma entrega tinham ficado de aparecer na
casa de Y naquele horário, no caso da primeira, e um pouco depois,
no caso da segunda.
X compreendera?
Ele compreendera.
Não foi difícil para o professor ser instruído pelo aluno, já que,
afora a escrita de histórias de ficção, X julgava ter tudo a aprender.
Por outro lado, tudo não era tanto assim – já que, para X, muito pouco
apartava-se da escrita de histórias de ficção, as principais exceções
sendo a esposa de X e agora, é claro, Z. E além do mais, Z contava
apenas pelo que fazia ao cabelo de X.
Na opinião de X, tanto antes quanto depois desta história, ele teria
mantido distância se não fosse por Z.
Agora, em uma boa história, o leitor teria o direito de saber o
motivo. O que se encontrava na raiz do malfadado cabelo de X? X
não tinha uma moça sem letra que lhe massageasse o escalpo, que o
dedasse com enriquecidos xampus?
Tinha.
Em uma versão, esta mesma pergunta ocorre ao próprio X – e
nessa mesma versão, ele é incapaz de responder.
Em uma segunda versão, a esposa é tão consumida por seus
próprios interesses quanto X pelos seus, sendo a datilografia o único
dentre eles que parece evidente em persistir nela.
É verdade, tratava-se de uma maneira de complementar a parca
renda produzida pela lecionação de X. E de qualquer modo, não era
o caso que sua esposa também datilografava para X – as notas das
palestras, seus comentários a estudantes, mas nunca uma história de
ficção por ele inventada?
X não precisava inventar histórias de ficção. Aquelas que eram
escritas para que ele as lesse e devolvesse eram, em sua opinião, o
suficiente no que diz respeito à categoria das histórias de ficção.

"ESTEJA FORA ÀS DUAS EM PONTO", avisou Y. "Porque a faxineira vem
justo nessa hora, sem atraso."
"Bom Deus", disse X, pouco imaginoso como de costume, "decerto
você não espera que eu lhe abra a porta."
Y suspirou de cansaço diante da coincidência entre expectativa e
acontecimento.

"Claro que não. Ela tem as chaves", Y disse.

"Duas horas?", disse X, desejando certificar-se de que não estava desinstruído quanto aos fatos.

"Humm", disse Y. "Ela prometeu que estaria lá a tempo de pegar a entrega."

AGORA, ÀS PARTES BOAS.

Z estava despida.

Nua.

Nenhum pano sobre o corpo de barbeira.

E ela tinha carregado tudo até o banheiro para urinar e posicionar lá dentro o seu dispositivo.

X, por sua parte, sentou-se na cama, seu eu despojado de cabelo trêmulo de desejo – e também, deve-se admitir, de espasmos de ansiedade mobilizados pelo que X entrevê agora no espaço entre o chão e uma certa porta fechada. Através da fenda brilha uma luz vermelha – uma luz vermelha dentro de um armário? Uma luz acesa? Até mesmo uma luz comum teria sido algo com que se preocupar – e o cérebro de X começou a trabalhar, invocando seus poderes para fazer proliferar ficções, imaginar revisões, amedrontar-se.

Uma câmera escondida? Talvez até mesmo algum tipo de mecanismo de gravação sonora, também. Sim, é claro! É uma armadilha. Y, Y, Y! É a vingança por todas as críticas, pelo "Muito bom – exceto, sabe, pela cobra".

X DOMINOU-SE e saltou da cama.

"Fique onde está", X berrou a Z. "Não se alarme", aconselhou de maneira machona, "mas acho que há algo errado", com que então X atravessou o pequeno apartamento para examinar a fonte da luminosidade que vinha de dentro.

X teria gritado se nele restasse o mínimo de fôlego com que fazê-lo. Arremeteu o ombro contra a porta e empurrou com toda a força de um homem com pouquíssimo cabelo. Mas a coisa tinha o nariz pressionado contra a parte inferior da porta. Em se tratando de puxá-la de volta, X não era páreo para o que estava fazendo força do outro lado.

Caminhou estorvada e vagarosamente até o centro do piso enquanto X voava de volta para a cama, pulava sobre o colchão e jogava-se contra a parede, derrotado.

Foi assim que a faxineira os encontrou – Z trancafiada no banheiro e X tremendo contra o asilo da parede. Foi ela quem conseguiu fazer com que a coisa voltasse ao armário, onde encontravam-se sua ração e sua tigela d'água, e onde a lâmpada infravermelha fazia o possível para simular a temperatura de seu habitat. Ela simplesmente conduziu a criatura de volta com o auxílio da vassoura, mais assustada, naturalmente, pela visão de X nu e glabro (exemplo de uma dicção que X teria deplorado, teria rejeitado, fosse este texto um texto seu) e pelos pequenos gritos advindos do banheiro do que pelo gigantesco lagarto dormindo a sono solto no meio do chão do apartamento.

"CHAMA-SE LAGARTO-MONITOR", Y contou a X anos depois durante uma recepção comemorativa da publicação da primeira coletânea de histórias de ficção de Y.

"Está morto – não suportou o clima. Africano, sabe. O maior dos lagartos terrestres."

"Pensei que o maior fosse o dragão-de-komodo", disse X, tentando dar às coisas seu melhor aspecto.

"Bom, você sabe", disse Y, e voltou-se para cumprimentar mais um ardente portador de admirações, deixando X na dúvida até mesmo quanto ao pouco que ousara alegar.

AQUELA HISTÓRIA TERMINA AQUI. Esta, no entanto, prossegue por mais um pouco.

Nesta história, a entrega era de um manuscrito, e a pessoa que fazia a entrega era a datilógrafa de Y – que era, naturalmente, esposa de X, e que chega a tempo de ver a faxineira juntando as roupas esperadas pelo homem que está sobre a cama. Em outra versão, vemos Y escrevendo em um exemplar de seu livro uma dedicatória para presentear seu velho, estimado, indispensável professor X.

Y escreve: As coisas sempre se resolvem da melhor maneira. Com afeto e apreciação, seu grato estudante e colaborador.

E depois há a data – e a cidade.

E o nome do autor.

Sofisticação

O HOMEM QUE FICAVA PARADO, que ficava parado em calçadas, que ficava fitando as ruas, que ficava com as costas apoiadas contra vitrines de lojas ou contra as paredes dos edifícios, jamais pediu dinheiro, jamais esmolou, jamais estendeu a mão. Mas sabíamos o que ele estava fazendo – pedindo, esmolando, embora não fizesse gesto algum em nossa direção, embora não fizesse outra coisa senão fixar-nos com seus olhos se assim o permitíssemos, e fazer, conforme fôssemos passando, aquele som. Era *doobee doobee doobee* – ou era *dabba dabba dabba*. Era sempre o mesmo, forçosamente um ou outro, mas nunca alguém se demorava tempo suficiente para ouvir se tinha mais.

Estava usando sapatos de salto alto da primeira vez em que o vi. Eram sapatos de mulher, ou eram sandálias femininas de salto alto abertas na parte de trás. Não me lembro qual. Sim, acho que eram sandálias de ficar em casa – sandalinhas de salto alto, azul pálidas, revestidas com pelo.

Eu o vi quando me mudei para cá, na primeira semana. Sempre o via depois disso – não importava o tempo que fizesse. Ele estava aqui fosse qual fosse o clima, encostado contra uma parede ou contra uma vitrina – *doobee doobee doobee* ou *dabba dabba dabba*.

Ele operava na minha vizinhança.

Ele fazia o que fazia na minha vizinhança.

Dei-lhe uma moeda de quinze centavos na primeira semana. Ele pegou. Se não estava esmolando, o caso é que aceitava dinheiro. Mas nunca mais lhe dei nada depois daquela vez.

Senti raiva de ter dado aquela moeda. Senti que aquilo me marcava como otário. Creio que não teria sentido isso se o homem não tivesse aparecido no dia seguinte, na semana seguinte, todos os dias de toda semana por todas as semanas que se seguiram.

Toda vez depois daquela primeira vez eu passava por ele – *doobee doobee doobee* ou *dabba dabba dabba*, tão suavemente –, com raiva porque o homem estava ali, testemunha do tolo que eu fora.

Aquela moeda de quinze centavos devia ter lhe salvado a vida, descolado suas costas de prédios públicos, enxotado-o para outra vizinhança, mudado a sua canção.

Mas agora ele se foi. Ele não aparece há semanas.

É um alívio. Sinto-me melhor de estar vivendo aqui agora – mas não é por causa da moeda de quinze centavos, não é por causa da vergonha de tê-la dado e da vergonha de nunca ter-lhe dado outra depois de tê-la dado.

É do terror que a sua ausência me alivia.

É o pior medo que já tive.

FOI QUANDO veio a neve nesse inverno que passei a ter muito medo do homem.

Quero que ouçam por quê, quero que ouçam como o homem me deixou com tanto medo.

Eu tinha ido buscar meu filho na casa de um amiguinho depois de escurecer. Não eram tantas quadras de ida, e portanto, não havia mais quadras de volta. Mas a neve estava em seu pior momento e não havia ninguém na rua, por todo o trajeto de ida e por quase todo o trajeto de volta.

Estávamos apenas a uma quadra de casa, eu e meu menino, e o homem estava na quadra, parado na esquina, as costas voltadas para a parede de alguma coisa. Não havia como alguém voltar para casa sem passar por ele. Então apertei com força a mão do meu filho e o levei para a rua na intenção de fazê-lo.

O homem só ficou ali parado – nenhum gesto, nenhuma mão estendida. Ele não me pegou com seus olhos porque eu não deixei. Mas não havia maneira de não ouvir o homem entoando *doobee doobee doobee* ou entoando *dabba dabba dabba* – apenas sempre sussurro e nunca não alto.

Um carro veio derrapando pela rua. Meu menino e eu estávamos subindo e o carro vinha descendo, derrapando, meio que adernando, um motorista descuidado a brincar com o cálculo de patinar seu veículo na neve.

Tenho uma imaginação tão infantil.

Pensei: "Ele vai nos atingir, aquele motorista." Pensei: "Meu filho será ferido." Pensei: "Não haverá ninguém para me socorrer, ninguém afora o homem pelo qual sempre passei."

Vi-me ajoelhado ao lado do meu filho. Vi-me implorando ao

homem que nos ajudasse.
Ouvi-o responder – *doobee doobee doobee*.
Ou *dabba dabba dabba*.
Mas isso não pode acontecer agora, pode? – não agora que o pensamento já me ocorreu.

DUAS FAMÍLIAS

NÃO EXISTE HISTÓRIA nas frases que vou escrever, nenhum programa que vá aclarar os assuntos. Se os assuntos de fato se aclararem, então trata-se de um feito que eles próprios desempenham sozinhos. Nenhum auxílio se faz necessário de minha parte, nem tampouco é solicitado de você. Tudo que vou fazer – tão brevemente quanto me permite o fair play – é dar testemunho. Todo o resto, se é que resta mesmo algo, tomará conta de si. Na minha opinião, já tomou.

Isto concerne a duas famílias.

Famílias são famílias e, neste quesito, se assemelham. Porém, em todos os outros aspectos, as duas famílias que tenho em mente, e todas as outras famílias, não têm nada em comum. Naturalmente, expeço esta isenção de responsabilidade ciente de que sua expedição a inviabiliza ou a torna, de uma forma ou de outra, uma sandice.

Não posso evitar aquilo que não pode ser evitado. É o que se agacha com malignidade entre escritor e leitor. Fiz, no entanto, o que pude para dissuadi-lo de especulações que não revelarão absolutamente nada – embora o alerta indubitavelmente vá inspirar este esforço.

Isto eu quero responder por último, mas não tenho tempo.

Em uma família houve um divórcio. Na outra, não. Houve, entretanto, neste último caso, um assassinato – ao passo que na primeira houve uma tentativa.

Comecemos novamente.

EM UMA FAMÍLIA, um cônjuge planejava assassinar o outro. Quando o cônjuge a perigo descobriu o plano, ele fugiu. Ele fugiu de uma costa à outra e obteve um divórcio. Mas até esta fuga, ele ficou sossegado em seu canto. Ele disse que tinha ficado sossegado em seu canto por conta das crianças. Era um bom motivo. Prova disso houve quando as crianças apareceram estragadas. Elas estavam muito estragadas. Parecerá talvez excessivo dizê-lo, mas foi o que disseram ambos os cônjuges eles próprios.

"A luz neles vai se apagar."

Quando os cônjuges disseram isto, deviam ter em mente a radiância das crianças. Mas quem sabe?

Eu nunca tive filhos.

HAVIA DUAS CRIANÇAS em cada uma destas famílias. No que diz respeito à amplitude, ou relativa queda da mesma, da luz no segundo conjunto de crianças, as provas ainda não se encontram todas disponíveis para registro.

Mas eis uma que já está disponível. Trata-se da declaração do cônjuge que se preocupou com a luz.

Foi isto que ele disse:

"O menino veio até mim, o mais novo. O mais velho já está a par. Eu nunca disse nada, claro. Mas ele descobriu. Agora o mais novo também. Eu amo mais o mais velho. Posso admiti-lo – não tem problema que eu o faça. Amar menos o mais novo torna mais difícil, no entanto – torna mais difícil aquilo que ele disse quando veio até mim. Ele disse:

"'Eu sei.'

"Eu disse, 'O que você sabe?'

"Quero dizer, a respeito dele.'

"Eu disse, 'Dele?' Eu disse, "O que você quer dizer com isso de dele?'

"Por que você não o mata?, disse meu menino.

"Foi então que eu soube que ele de fato sabia.

"Mas eu disse, 'Ele é nosso amigo.' Eu disse, 'Que coisa para se dizer!'.

"Meu menino disse, 'É o que um homem faria.'

Não sei de onde esse meu menino tirou uma coisa dessas, mas foi o que ele disse.

"Depois ele disse, 'Você está com medo. Você está com medo de matá-lo e você está com medo dele. É porque ele é mais forte.'

"Meu menino disse isso, o mais novo. Meu menino disse isso tudo, o que eu amo menos."

Este cônjuge tinha medo. Ele tinha medo das coisas que o menino disse que ele era. Seu menino sabia disso. Também o cônjuge feminino. É por isso que ela não tinha medo de fazer o que estava fazendo. É por isso que o homem com quem ela estava fazendo o que estava fazendo também não tinha medo.

Todos eles sabiam de quem era o medo – especialmente o cônjuge que o tinha.

Mas agora tinha piorado. Aquele pai tinha medo daquele menino. Ele tinha mais medo daquele menino do que das outras duas coisas de que tinha medo.

Acho que era porque o menino era o que ele menos amava.

Havia medo também na primeira família. O cônjuge que fugiu tinha medo. Foi por isso que fugiu.

As duas crianças ficaram com medo quando o pai fugiu. Acharam que todos acabariam fugindo. Bom, foi então que a luz naquelas crianças começou a se apagar. Foram diminuídas, apagadas, com isso ambos os pais estavam dispostos a concordar.

Concordavam em que houvera, sim, certa perda de luz. Porém, não concordavam quanto a quem era o culpado por isso. Então, o cônjuge que quisera, em primeiro lugar, matar, lançou-se a uma nova tentativa. Ela teria de ir de uma costa à outra para levá-la a cabo. Porém, levando-se em consideração a grandeza de seu fito, a jornada não parecia nada de mais.

Ela queria atingir aquele que mais saberia acerca da perda de luz. Pode-se ver por quê.

Ela lançou-se de carro para fazê-lo.

ENQUANTO ISSO – enquanto isso nestas frases, não enquanto isso nestes acontecimentos – o pai daquele menino chamou o menino de volta.

"Quero explicar", disse o pai.

"Você é um covarde", disse o menino.

"Dê-me um minuto", disse o pai. "Não seja tão precipitado em chamar um sujeito de covarde. Quero fazer um último apelo a você. Posso lhe fazer um apelo?"

"É o que fazem os covardes", disse o menino.

Mas talvez o menino soubesse que o pai o amava menos que este pai amava seu outro filho. É tão frequente os filhos saberem. Acontece quando vão fazer suas orações e precisam dar sequência àqueles que nelas vão enumerados.

"É preciso ser um homem forte para caminhar junto a uma tristeza", começou aquele pai. "É preciso ser um homem muito forte para ficar sossegado em seu canto. É preciso ser o mais forte dos homens para que um homem seja um covarde se é isso que seu filho precisa ter em um pai."

A maneira como isto saiu de sua boca não era como o pai pretendia. Era difícil fazer-se entender. Ele sabia que tinha algo a dar a entender, mas isto que você acaba de ouvir foi o melhor que este pai pôde fazer.

"É preciso ser um homem forte para matar", foi o que o menino disse, e ele não precisou de tempo nenhum para dizê-lo.

O menino não era assim tão jovem. Mas ele era jovem demais para a ideia que o pai achava que ele tinha em mente. Foi então que o pai teve outra ideia.

Ele foi até o homem que seu filho dissera ser mais forte. Foi isto que o pai disse ao homem:

"Você é mais forte que eu. Seu corpo é mais forte. Sua mente é mais forte. Vou lhe dizer uma coisa. Meu menino está a par. O mais velho está a par, mas agora o mais novo também. O mais velho não tem problema – porque, dos dois, é o que amo mais – e acho que não tem problema eu dizer isso. Mas porque eu amo menos o menor a coisa realmente complica para nós. Não posso mais continuar fazendo o que estou fazendo. Preciso fazer outra coisa. Mas serei forte o bastante para tanto? Você sabe que não sou. Mas você é. Diga se está me acompanhando até agora."

"Já entendi tudo", disse o homem. "Você precisa fazer alguma coisa, mas não consegue. Então você quer que eu faça essa coisa por você, certo?"

Aquele pai gostou disso. Ele disse, "Que prova de que você é mais forte! Está vendo aonde quero chegar? Mate-a por mim. O que me diz?"

"'Não me incomodo', disse o homem.

"Você me deve isso – não acha?", disse aquele pai o mais rápido que pôde, já compilando as frases com que entregaria seu engenhoso propósito ao filho que amava menos. Seria um teste para o pai postergar o relato de sua ironia. Mas aquele pai era muito forte. Ele podia esperar.

"Gosto disso", disse o homem, "esta complexidade de raciocínio. É forte".

Aquele pai estava à mercê da enunciação. Ele disse, "Mas você é mais complexo por sabê-lo".

ELA LEVOU CONSIGO AS CRIANÇAS. Ela planejou tudo – da mesma maneira como planejara da primeira vez. Mas agora precisava usar um mapa – pois onde se encontrava seu copiloto, onde, com efeito, se encontrava?

    Ela assinalou intervalos, as milhas que cada pessoa no veículo teria de dirigir para que a viagem ficasse equilibradinha. Mas a família estava desfalcada de um. Foi por isso que o menino mais novo assumiu o volante em Utah em vez de Idaho. Tão cedo o assumiu fez suas orações – e então, colidiu contra um caminhão de 24 pneus.

PARA RUPERT – SEM PROMESSAS

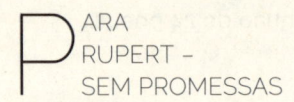

NÃO CREIO QUE estaria escrevendo esta história se os fatos não o forçassem. Na verdade, publicar esta história é o que acho que não estaria fazendo se não tivesse para tanto uma razão muito premente – irresistível, na verdade. Provavelmente é necessário que eu diga que sempre imaginei que uma tal razão acabaria por se apresentar. Mas são muitas as coisas que imagino – e por que esta resolveu vir ajustar contas comigo e a grande maioria das outras não é só uma questão de sorte.

Não se deve dar muita importância a ela, suponho. A má sorte – na verdade, a má sorte *de meu irmão*. Creio, no entanto, que quando eu alcançar o fim do que quero dizer, poderei igualmente alcançar ver esta má sorte como minha também. É nisto que dá imaginar coisas. É o que dá também fazer promessas que não temos a menor intenção de cumprir – ou, pior ainda, que você não cumpre mas tenta convencer alguém (até a si próprio) de que cumpriu.

Fiz uma promessa assim certa vez. Foi há muito tempo, e quem me inspirou a fazê-la foi uma criança. Uma menina, no caso. Foi presunção minha pensar que ela se lembraria da promessa que eu lhe fizera, mas acho que não se lembrou, de verdade. Afinal de contas, era o ano de 1944 e ela devia ter outras coisas em mente, com a guerra que acontecia à época e o fato de que ela contava doze ou treze ou catorze anos de idade (a despeito de muitas opiniões em contrário, não sou de forma alguma um estudioso de crianças, e sou particularmente inapto, tive muita ocasião de notar, em acertar suas idades), com todas as calamitosas preocupações que acometem uma criança dessa idade quando o pai dela vai embora. Mas ela sempre trajava tartã Campbell e um relógio grande demais para o pulso delicado – e naqueles dias em Devon e naqueles dias em meu coração, uma promessa de qualquer tipo a uma criança gentil que usasse motivos xadrez (com um peso grande demais para suportar) não era coisa que eu me furtaria a fazer. Além do mais, ela tinha um irmão caçula e sempre tomava conta dele muito bem, preocupando-se de ele ser atingido por um fato horrível demais para um menino pequeno ouvir.

De todo modo, prometi à menina uma história (eu quisera ser escritor à época, e por tempo demais depois disso fui um de fato) – e alguns anos mais tarde escrevi uma história que deveria parecer o cumprimento daquela promessa.

Naturalmente, não era. Um escritor, especialmente o tipo de escritor que eu estava tentando ser, não pode escrever histórias assim – uma história bonitinha quando uma criança pede uma, uma história sórdida quando é *este* o favor que ela pede. Estou pagando agora é por ter precariamente conduzido a jovem em questão a acreditar que este era o caso. Escrevi uma história, história não das mais sinceras, nem tampouco das mais graciosas (os anos que se passaram demonstram que o mundo discorda de mim neste juízo – mas o que me importa é que a história foi principalmente inventada e é ferida por uma imensa fratura em sua postura narrativa), e quando a obra foi finalmente dada à estampa, mandei-lhe uma cópia das folhas da revista com um pedaço de papel grampeado na primeira página. Não tive nem mesmo a cortesia de escrever de punho próprio minha única frase, tendo, em vez disso, datilografado o seguinte, após uma saudação que consistia tão somente nas duas adoráveis metades de seu adorável nome inglês: "Eu sempre cumpro uma promessa – digo, p-r-o-m-e-s-s-a." Bom, o caso é que eu não cumprira – e agora pago pela mentira com que tentei me safar então.

Lia com frequência certo lógico vienense que, creio, haveria de acompanhar meu raciocínio. E não ignoremos a penalidade por raciocínio excessivo. Percebe então o tipo de lógica que o camarada preferia quando era vivo?

Que fique claro neste momento, no entanto, que estou pagando mormente por ter um irmão a quem amo mais que a meu próprio silêncio. Que fique claro que, ao publicar – e *apenas* ao publicar – a pequena história que desejo lhes contar, poderei impedi-lo de fazer algo que ele acredita que deve fazer. Trata-se de um ato de extrema gravidade, extrema gravidade em todos os âmbitos de prospecção espiritual que a imaginação humana pode considerar. Ou talvez seja um ato sem importância alguma. Não estou certo. Estou assoberbado demais para sossegar por muito tempo numa só opinião. Escolho, em vez disso, fazer a coisa mais segura – dar esta história à estampa.

Tudo isso, *prometo* sinceramente, ficará muito, muito claro em instantes. Não se fala a respeito daquilo a respeito de que estou me preparando para falar, e como que desafiando o hábito, a não ser que se tenha jurado ser muito, muito claro. Jurei para mim mesmo que me esforçaria por não deixar que nada viesse comprometer uma clareza de primeira ordem. Não se deve permitir nem mesmo que uma mão aplaudindo sozinha ocasione uma distração das frases que estou prestes a descarregar – porém, leitor, leitor, como ouço neste momento aquela única mão a aplaudir!

MEU IRMÃO FOI ATOR até o fim da era do rádio. Depois disso, foi bartender na rua 55 e na rua 57, e depois foi para Oslo e depois para Zurique, e quando ele voltou, voltou com uma esposa, uma suíça, psiquiatra, a qual revelou-se em bom tempo uma psicopata. Mas isto não aconteceu cedo o bastante, pois, naquela altura, meu lindo irmão e minha bela cunhada já tinham tido um filho. Deram-lhe – muito me honrou saber – o nome de David, chamavam-lhe Chap, e é assim que se referem a ele até hoje em dia, dezessete anos depois, quinze dos quais Chap e meu irmão não se viram sequer uma vez.

Houve um divórcio quando Chap tinha dois anos, e sua mãe, não muito tempo depois, montou consultório em El Paso, razoando em voz alta que lá a asma de Chap ficaria mais administrável – a aridez –, razoando consigo própria, supõe meu irmão, que assim meu irmão aprenderia o que é tristeza.

Dou minha palavra que meu irmão não necessitava receber uma lição dessas. Dou minha palavra que meu irmão fez tudo afora tomar de assalto o escritório do prefeito de El Paso para forçar residência ali, perto de Chap, perto do maior amor que havia nele então. Dou também minha palavra quanto ao fato de que minha bela cunhada fez tudo menos contratar rufiões para levar o pai à força para muito longe da fronteira da cidade. No final das contas, foi fácil. A mulher, você deve estar lembrado, era psiquiatra, e portanto um tipo de déspota. E meu irmão, conforme você verá paulatinamente conforme os fatos são paulatinamente revelados, era vulnerável em um aspecto muito específico.

Meu irmão – vou chamá-lo com um nome diferente aqui –, meu irmão Smithy voltava então para Nova York com o coração doente, e quando o adoentamento piorava, ele regressava a El Paso para se lamentar nos portões da cidade. Minha mãe conta que estas romarias semanais, depois mensais, continuaram por quase quatro anos e foram então gradualmente abandonadas à medida que os fatos se iam verificando irremovíveis, inalteráveis, permanentes. Eu estava vivendo então na Nova Inglaterra, mantinha contato com a família apenas de modo muito aleatório, e – não lhes surpreenderá em nada que eu o admita – os desencorajava de fazer qualquer coisa senão devolver-me a descortesia. Veja, à época a pretensão de escrever ainda me dominava, muito embora eu já me encontrasse muito além do ponto em que eu escapara de fazê-lo em público. Mas, é claro, soube por minha mãe e por minha irmã – e quando Smithy voltou da Suíça para Nova York pelo próprio Smithy – que ele se casara uma segunda vez, também com uma suíça, uma mulher um pouco mais velha que a primeira e qualquer coisa menos psiquiatra. Esta cunhada, em quem não pus os olhos até hoje, era banqueira de profissão, e ainda o é.

Não preciso vê-la para saber que é ainda mais bonita que a psiquiatra, pois as fotografias aparecem nas revistas e em um jornal que dá atenção regular a mulheres muito bonitas e muito ativas, e minha mãe recorta e envia cada fotografia por meio de um agente que, há tempos, presta excelentes serviços como intermediário. E Smithy, que telefona com frequência agora que consegui uma linha de fato particular, nunca se furta a me lembrar que tenho por cunhada uma das mulheres mais admiradas do mundo.

Mas não preciso dos lembretes de Smithy, nem dos recortes da mãe, para saber quão de tirar o fôlego Margaret deve ser – pois foram cinco as vezes que já vi o filho de seu casamento com meu irmão ao vivo e em cores, e ele é a própria imagem da beleza, nisto como em todos os demais aspectos.

O nome do menino é Rupert – e ele é a criança de todos os nossos sonhos.

Se eu disser mais alguma coisa sobre Rupert no tocante à sua sobrenaturalidade, não me verei por muito tempo livre de confusão. Serei – isto que desejo contar será – vítima da desordem do sentimento, e eu lhe prometi clareza. Também prometi a alguém sordidez. Pretendo agora, escrupulosa e apressadamente, manter ambas as promessas – e com a mesma tacada salvar meu irmão e todos os outros.

Rupert fará cinco anos no seu próximo aniversário. Esta é a última coisa que direi sobre o filho dourado do meu irmão, vírgula propositadamente omitida. A próxima voz que você ouvirá é a de Smithy, e para *ele* não posso estabelecer limites. Seus itálicos são totalmente de posse dele.

"ACENDA UM CIGARRO; isto aqui vai demorar um tempo."

"Parei de fumar. Apaguei minha última bituca dia dez de outubro. Se a mãe fosse lhe contar *alguma coisa*, ela lhe contaria *isso*, e você me prometeu que não iria começar a *dar ouvidos* à mãe, lembra?"

Houve um silêncio – não um bom silêncio.

"Smithy? Ei, chapinha, você está aí?"

"Não me venha tratar de chapinha agora, Buddy. Por favor. E *por favor* não fique de brincadeira. Finalmente esmiucei a coisa toda, e o que preciso fazer – Buddy, meu Deus, não acredito que estou falando isso em voz alta – eu vou matar meu filho."

Não passei o auscultador para o outro ouvido. Não fiz nada de especial de que agora eu possa me lembrar. Acho que se tivesse um cigarro à mão, eu o teria acendido. Se houvesse cigarros nesta casa, eu os teria fumado todos. Se eu tivesse podido pedir-lhe para esperar meia hora, eu teria ido à cidade e comprado um maço. De todo modo, não fiz nada – e não *disse* nada – porque estava me ocorrendo gradualmente que eu não sabia *a que* filho Smithy estava se referindo, e que talvez ele próprio não soubesse, e que se eu dissesse algo que sugerisse um menino ou outro, a sugestão poderia inclinar meu irmão em um ou outro sentido.

Já contei que meu irmão esteve *institucionalizado* duas vezes? Sei que não contei – porque trata-se de um fato que certamente teria enganado você, e se há uma coisa que este texto não pode fazer é enganá-lo. Mas quando se tem um irmão que já foi *duas* vezes institucionalizado e que se *casou* com uma psiquiatra, pode-se sentir enganado por tais fatos. Não há leitura de lógico vienense que nos possibilite escapar de *certos* fatos, e estes podem bem estar entre eles.

"Buddy? Buddy, ouviu o que eu *disse*? Quer fumar agora, meu irmão?"

E depois ele começou a chorar, a soluçar desgraçadamente. Sempre imaginei que os homens pudessem chorar desta maneira, mas nunca ouvira. Continuou por longo tempo, o que me alegrou, porque eu achava que o que quer que tivesse motivado aquilo acabaria por se exaurir dessa maneira e então tudo estaria resolvido.

Mas não foi o caso. Smithy parou de chorar tão abruptamente quanto havia começado, e quando começou sua nova frase, ela encaminhou-se ao ponto-final com desapaixonada austeridade.

Outra coisa que ainda não contei. Se ele quisesse, meu irmão poderia dar ao lógico vienense a faca e o queijo. Smithy é muito, muito inteligente, dotado de uma inteligência sem precedentes em nossa família e estatuesca como eu jamais vira. Além do mais – e é por isso que não estou certo de estar fazendo a coisa certa, apenas o que eu, assim como nosso Smithy, estou convencido de que preciso fazer –, o racionalismo é costume irascível para Smithy, e certamente o levaria às galés, se tal fosse seu destino. Nunca ninguém conseguiu desfazer-lhe este hábito, e isto vale também para nosso irmão mais velho – que poderia, menciono de passagem, desfazer qualquer coisa de qualquer um se quisesse, e que não hesitaria em desfazer-se em dezenove pedaços para fazê-lo. Exceto Smithy e seu racionalismo, claro está.

Mas nosso irmão mais velho nunca teve oportunidade.

De qualquer modo, a frase seguinte de Smithy, e todas as frases que a ela se seguiram apressadamente e que eu jamais teria ousado interromper, nem mesmo para afirmar *Falácia do meio-termo!*, eram proporcionais e nobres na organização de seu argumento. E foi isto que meu irmão disse – e por que meu irmão concluiu que deve matar o filho – e por que estou publicando algo que o leitor talvez apreenda como "história", mas que Smithy, sempre racionalista, compreenderá tratar-se de um desvelamento praticamente equivalente a informar a polícia, e um passo bem dado no sentido de detê-lo.

E também, é claro, o menino Chap ficará avisado.

É o mínimo que pode fazer um tio que se importa e que fez sua fortuna (e sua desgraça) escrevendo. Ele pode escrever tal como for capaz. Ele pode escrever uma "história" que ninguém, a não ser aqueles que mais lhe importam, vai ter certeza se é verdadeira. Vejo agora, *sim*, que é apenas mediante o milagre da falsidade da ficção que posso apanhar as pessoas a quem amo da verdade e das consequências do que podem vir a fazer. O custo, para mim, é comparativamente bem baixo – a exceção a um hábito de silêncio (Está sorrindo agora, querido irmão morto, mestre de cerimônias em todas as minhas deliberações?) e a reimplementação, por um breve período, da vergonha que me cobre sempre que brinco de ladrão de corações e chego, como um salteador, à página inocente.

Fale, Smithy! Eu sou o instrumento pelo qual você pode submeter seu supremo arrazoado e a sombria circunstância que o provocou a desenrolar seu horrível silogismo. E quando já tiver dito a sua parte, retornarei para as cortesias de despedida com o leitor, gesto que, juro, será maior que aquele ao qual provei poder me equiparar quando desejei dizer a coisa certa para acalmar aquela esplêndida garota de Devon. Penso aqui que devo uma gentileza bem específica ao leitor – a quem, com os fins que temos em mente, e seguindo o exemplo de seu pai e de sua mãe, chamarei de Chap.

Ouça, Chap. Quem lhe fala é o pai de seu corpo. Você lhe reconhecerá a voz? Você não devia ter muito mais que dois anos quando ouviu pela última vez a peculiar ressonância americana que fez de seu pai presença constante em programas como *Rosemary of Hilltop House* e *When a Girl Marries*, um tipo de vigor engasgado que devia se suavizar quando lhe dava a bênção antes de dormir e cobria-lhe até um pouco abaixo do queixo, suficientemente alto para que nem um sopro de frio lhe gelasse o peito, mas não tão alto que sua irrequietude pudesse erguer ainda mais a coberta e impedir a gloriosa canção de sua respiração. Este é o pai do seu corpo cuja voz você está prestes a ouvir. Vai lhe parecer, de alguma forma, familiar, após quinze anos sem voz? Vai lhe assustar ouvir o silêncio rompido? Decerto, o discurso que vai fazer lhe deixará assustado – pois é uma afirmação em defesa de sua decisão de assegurar a sua morte. Trata-se, no entanto, de argumento razoado, e se você é de fato filho de seu pai, Chap, então verá que ele tem razão.

Ouça, menino! Um irmão a quem amo tanto quanto a própria vida, seu verdadeiro pai, no quarto dia de novembro, por meio de um telefonema interurbano, logo após a hora do jantar, sua voz puro repouso, seu coração sandio, tumultuado, disse isto:

"EU TENHO UM BLOCO E UM LÁPIS e está tudo resolvido, aquela coisa que você sabe que eu faço, com as colunas, uma num lado, outra no outro. Buddy, você pode pegar um pedaço de papel e algo com que escrever? Acho que vai ajudar – vai ajudar se você fizer anotações enquanto eu falo. Quer dizer, é que eu quero que você fique sabendo como aconteceu. A maior parte já vem acontecendo há anos. Acho que sempre esteve em algum lugar da minha mente, desde que Pert nasceu. Talvez até mesmo antes disso, de um jeito meio louco. Talvez remonte ao momento em que beijei Chap pela última vez e nunca mais pude beijá-lo de novo. De todo modo, não quero que você pense que isto *não* figurava entre as premonições que sempre me vêm à cabeça – porque a cabeça *de fato* aprontará dessas, Buddy, e não dá para você, sabe, impedir. Não é você o especialista no assunto? Estou divagando; perdão. Pois bem, vou continuar a partir disto que já pus aqui *escrito*. Direitinho, certo, irmão?

"Há cerca de duas semanas – raios, eu sei o dia *exato*, a quem estou tentando enganar? – Scharfstein me contou que estou nas últimas. Charutos de fora a fora e três maços de Raleighs por dia por quase vinte e cinco anos, e agora estou com câncer na porra do *baço*. Sempre concordamos que Scharfstein é um cretino, mas é um dos melhores médicos. De qualquer modo, ele me enviou para Sloan Kettering naquela tarde, e na manhã seguinte já tinham a confirmação. Três a seis meses com procedimento de rotina, talvez mais três a seis com terapia antiproteína das pesadas. Mas é isso – é o máximo.

"Maggie está a par, claro. Não contei para a mãe nem para mais ninguém, mas prometo fazê-lo assim que resolver de que maneira quero fazê-lo. E talvez você me *possa* ajudar *nisso*. Por ora, estou me limitando a pôr ordem às coisas, ajustando as contas, como Maggie diria. Tudo está em ótima forma, falando a verdade – todos os duráveis. Há dinheiro de sobra e não há ninguém melhor para geri-lo que Maggie. E depois temos Pert – e isto também será simples. Ele pode ser presidente dos Estados Unidos da Porra da *América*, ou mudar a teoria do zero, não é *isto* que vai impedi-lo. O fato de eu estar morto, quer dizer – a minha morte. Pert pode *ser* qualquer coisa, *fazer* qualquer coisa. Você o conhece, você próprio já viu nele as probabilidades. Basta um olhar para Pert e já se *sabe*.

"Exceto que tem essa outra coisa – que é o Chap. E, se você não se incomodar, acho que prefiro me referir ao Chap como David daqui em diante. Então, tem o David – *ele* é a coisa. Tem meu filho e tem meu filho – e *aí* se tem a matemática do bagulho todo! Está me acompanhando? Porque é melhor que esteja.

"O que a mãe do David fez muitas mulheres divorciadas também fazem – isso eu sei. No entanto, acho que ela fez melhor. Mas estou só especulando, claro – porque, durante quinze *anos*, as provas me foram sonegadas. Dá para acreditar, Buddy? Isso com pessoas que têm relações de parentesco como as nossas? Nenhuma palavra, nenhum toque, por quinze anos? Cristo Pai, a mulher é uma *analista* treinada. Se ela consegue desemaranhar uma síntese, acho que ela também pode emaranhá-la e muito bem. Dá para imaginar a que ponto ela já *chegou* com aquele menino? Não estamos falando só de um trabalho de contaminação – deve ser mais como a fabricação de um sistema refinado a um único princípio. Ou será que quero dizer fito? De todo modo, estou apenas especulando – mas é aí que minha imaginação toma de assalto meu raciocínio – e sobre que outras bases posso continuar?

"Eu *acredito* na raiva de David. Digamos que se trata de um artigo de fé, para mim – e comigo morto esta raiva será, logicamente, passada a Pert, você não vê? Desprezo, inveja, despeito, o que quer que seja – tudo isso suscetível a uma intensidade ainda maior quando David descobrir de fato o que *Pert* é. Quer dizer, o que vejo acontecer, quando eu já não estiver aqui, quando já não houver mais nenhum de nós aqui, Margaret e você e a mãe e eu e aquela mulher – Buddy, eu simplesmente *não posso* dizer o nome dela, nem mesmo agora – vejo um mundo só com eles *dois* – uma abertura chamada Rupert, dono de meu coração inteiro, e um homem chamado David com um coração tão cheio de ódio. O que Rupert jamais saberá do que seu irmão deve sentir por ele? Como poderia Rupert sequer *imaginar*? Nenhum menino seria capaz – nenhum menino como Rupert – e, Buddy, você sabe como é o Rupert. Ele é todo luz – uma leveza, uma diafaneidade.

"Pert nunca sequer poderia *adivinhar*. Mas eu posso. E *mais* – eu *sei*. David vai esperar, vai esperar o tempo que for necessário – como sua mãe, ele será paciente, minudente, uma fúria aguardando sua chance. Tudo bem, talvez eu esteja imaginando *demais*. Talvez a coisa nunca venha a terminar desse modo – algo violento, um ferimento, um assassinato, quem sabe? Talvez, em vez disso, ocorra um ato civilizado, ainda que decisivo, devastador – David sentado em algum comitê junto ao qual Rupert, por acaso, peticiona alguma coisa; David atrás da mesa do entrevistador para algum emprego de que Rupert precisa; David sentado em um banco judicial ante o qual Rupert argui o caso; David de pé com as mãos enluvadas enquanto Rupert jaz sob ele, o tórax depilado de encontro ao bisturi – raios, eu lá sei, mas, Buddy, sei que será *algo*. De alguma maneira que nenhum de nós pode prever, meu primogênito perseguirá o meu segundo filho, encontrará uma maneira de *lhe* fazer mal porque minha morte *toma* dele a sua *chance* de machucar a *mim*.

"Escute, não há nada de suspeito nisto, mas eu não quero falar mais – e além do mais, estou ligando de casa e, com a Maggie aqui dentro, eu estou ficando *nervoso* – e neste momento não posso arriscar ficar nervoso. Vou telefonar amanhã – por volta do meio-dia –, então, pelo amor de Deus, *esteja* aí. Porque eu prometi ao Scharfstein ir visitá-lo de manhã – o imbecil acha que pode me ensinar como se morre – e tenho planos de voar até Hanôver de tarde. Acho que a mãe lhe contou por carta que David começou neste outono em Dartmouth – lá do Texas até o quintal do meu *irmão*! Buddy, ele escreve umas cartas para a avó que eu não consigo acreditar e que eu *de fato* não acredito – é um geômetra, é como se um *geômetra* as tivesse escrito. Me dá nervoso só de olhá-las, mas a mãe sempre se certifica de que eu as veja. Ele escreve para ela! Escreve para *mim*? Responde a *uma* mísera carta sequer? De todo modo, é lá que ele está e é para lá que estou indo amanhã para tratar desse assunto. Jesus, cara, eu preciso *escolher*, você não está vendo – e eu escolho *Rupert*!".

SEU PAI DESLIGOU, Chap, ao oferecer esta declaração. Não esperei até o dia seguinte, no entanto. Telefonei de volta logo em seguida – e desta vez eu tinha, de fato, lápis e papel –, na verdade, sem nenhum bom motivo, mas em momentos assim às vezes se faz uma coisa dessas. Não disse muita coisa. Não tentei argumentar com ele. Acho que naquela altura eu não sabia contra *quais* argumentos deveria argumentar – e não estou certo de saber nem mesmo agora. Tudo que de fato sabia é que precisava tentar detê-lo – não porque havia em mim alguma convicção de que ele estivesse *errado* –, mas apenas porque havia em mim vontade de impedi-lo de fazer o que disse. Ele não respondeu de imediato, mas quando de fato levantou o auscultador eu disse de pronto, "Sou eu de novo", e depois ouvi-o dizer, "Mags, tem uma ligação aqui para mim e preciso falar em particular. Desculpe, mas preciso", e depois houve um momento de silêncio e então meu irmão disse, "Pois não?", e eu sabia que não havia como argumentar, nada a fazer afora afirmar o intervalo de vida marcado pela louca lógica de suas pretensões.

"Tenho uma coisa a dizer", eu disse, "que é o seguinte. Deixe isto descansar por três meses. Eles lhe garantiram três meses, *pelo menos* três, então você pode esperar esse tempo e *depois* fazê-lo. Não digo que não *deva* fazê-lo – só estou dizendo que você bem podia esperar esses três míseros meses. Não que eu ache que você vá mudar de ideia – ou que eu esteja aqui sentado tentando fazer com que você mude de ideia –, mas é só que você está numa posição em que você *pode* acrescentar três meses à vida de Chap sem perigo algum a Rupert. O mínimo que lhe deram é o mínimo que você *pode* e, portanto, *deve* dar ao Chap."

Eu estava escrevendo o algarismo 3 repetidas vezes no papel que eu estava pressionando, com a palma da mão, contra a parede. Mas o reboco, se é que é esse o seu nome, estava fazendo com que eles saíssem todos tortos, independentemente do cuidado com que eu tentava controlar o lápis.

Chap, seu pai disse, "Sim", e depois desligou o telefone. Ele desligou sem mais uma palavra. Mas a palavra que ele havia enunciado não deixava margem para dúvida – fora dita para que eu soubesse que não havia dúvida. Meu irmão sabia que eu sabia que ele

o faria – que seu pai daria a você toda a vida que pudesse.
Isto foi no quarto dia de novembro.
Comecei a escrever estas frases naquela noite, noite *passada* – e agora, enquanto escrevo esta, é de manhã.

PROMETI UMA GENTILEZA, e cá está. Faço este gesto para que ele possa existir no lugar de todos os gestos que não fiz. Estou mantendo todas as promessas com que faltei. Estou conduzindo a esta gentileza todos aqueles que amei e em algum momento iludi.
Existe essa escritora, americana, a única escritora americana que eu leio. Ela não escreveu muitos contos, então não é tarefa das mais custosas ler tudo que ela escreveu, tudo que permitiu viver em publicação, quer dizer. Suponho que seu público, ao contrário do meu, seja muito, muito reduzido. Isto, creio, deve-se ao fato de que ela resiste em iludir, coisa que fiz com tanta frequência e depois tentei desfazer por meio de meu silêncio e agora estou tentando com afinco ainda maior e tão desesperadamente desfazer por meio deste último ato de fala.
É tarefa custosa compreender sequer *um* de seus contos, tal como *aquele* que ela deu ao mundo há dois anos. Trata-se de uma história que começa como uma história roubada por esta escritora de um outro escritor – mas só porque *ele* roubara a história *dela* no passado. A história era dela, ela afirma, e tem a ver com magia e milagres e com muitas, muitas coisas. Acho que tem a ver com tudo.
Próximo à sua infernal conclusão, a história esbarra nos escritos de um homem muito sábio, um homem agora na prisão por saber demais – acerca das fraquezas do homem e do terrível poder de Deus, nunca tão terrível quanto no exercício de Sua justiça.
Entre esses escritos, como a história se refere aos diários deste homem, há um conto registrado pelo criminoso.
Eis o conto.
Um pai encontra-se num campo de concentração. Ele fica sabendo que na lista para as mortes por gás do dia seguinte figura o nome de seu filho, um menino de, digamos, doze anos. Então o pai suborna o alemão (um anel de diamante, ele promete) para que este leve algum outro menino – pois quem saberá dizer *que* menino é levado? Mas depois o pai ficou incerto quanto à justeza de seu propósito. Então ele busca auxílio junto ao rabino que está no campo. E o rabino se recusa a ajudá-lo. O rabino diz, "Por que vir até mim? Você já tomou sua decisão". E o pai diz, "Mas eles vão colocar *outro* menino no lugar do

meu". O rabino ouve e diz, "No lugar de Isaac, Abraão pôs um cordeiro. E isto era para Deus. Ao passo que você põe outra criança, e com que motivo? Para enganar o demônio".

O pai diz, "O que a lei tem a dizer sobre isso?".

O rabino responde, "A lei é não matar".

No dia seguinte, o pai não entrega o suborno prometido, e os alemães matam seu filho.

O pai queria um milagre e decidiu que Deus não o concederia.

Mas Deus concedeu.

Deus criou um pai que age segundo os fatos.

OH, CHAP, filho silente, e a todos os amados aos quais fiz promessas, caro irmão no céu e caros irmãos ainda sobre a terra, é *este* o único mil – quer dizer, m-i-l-a-g-r-e – que existe. E você, Rupert, melodiosa criança de nossos sonhos, no dia de seus anos dou-lhe esta prenda. É a lição que coloquei diante de si – para quando completar cinco anos e precisar ser suficientemente forte para as cinco velas finas chamejando sobre o seu bolo.

Respire.

Agora apague-as.

Agora, boa sorte e vida longa!

Peso

AS QUATRO COISAS são uma chave, dois bancos e uma bicicleta embrulhada em papel festivo, mas não onde ficam os punhos e os pedais.

A chave abre a porta de outra pessoa.
O banco de praça dá para um rio.
O outro banco fica ali onde passa o metrô.
A bicicleta é de um chimpanzé.
A chave é uma cópia.
O banco de praça fica ao sol.
Quatro cidadãos estão sentados aqui no banco.

O único lugar livre fica ao meu lado. O chimpanzé falará por si próprio. Mas sou de opinião de que foi feita sob medida, a bicicleta, equilibrada com precisão milimétrica. Está vendo ali onde o papel rasgou? Aquilo ali debaixo é cromo.

A chave é feita de metal barato, plumosa réplica do original em bronze – emprestada, duplicada, 75 centavos. Não se nota peso algum. Às vezes ele não se dá conta de que ela está em seu bolso. Mas ela está lá, às vezes – uma vez por semana.

É claro que é imundo ali embaixo, mas é imundo aqui em cima também. E o chão sobre o qual o chimpanzé passeia, também ele é imundo – cascas de amendoim, pipoca, substâncias gomosas achatadas em formas ovais, uma lei da física, a lei das formas.

"Comecei na bicicleta quando eu tinha metade do tamanho que você vê agora. Ela é ajustável, há parafusos de orelha para todas as partes cruciais. Eu não tinha o chapéu de princípio. Mas depois de uma volta sem deslizes, eu o ganhei. Mais quatro, a jaqueta. Mais oito, as calças. Quando mostrei que conseguia continuar seguindo em frente, ganhei então os sapatos. São robustos. São pretos. Vê as fivelas para tirá-los e colocá-los?"

Agora, às pessoas.

Lá vai o homem que tinha tanta pressa, mão no bolso, relógio de pulso erguido para ver as horas. Há o casal no parque, o passo mais vagaroso de todos, o banco de que vão se aproximando tão, tão lentamente. Há a mulher aqui perto que marcha para a frente e para trás. Ela alcança sua marcação, grita "Couro do Marrocos!", dá meia-volta, marcha outra vez, grita "Couro do Marrocos!" marchando para a frente e para trás.

Você não ia querer vê-la. Eu tento não fazê-lo. Eles tentam também, os outros neste banco. Somos apenas passageiros, pessoas que esperam para ser passageiros. Ah, de fato, mal podemos esperar para sê-los. Será que seu trem chegará antes dela?

A velha segura o velho pelo braço, para mantê-lo erguido e orientá-lo. Veja-a orientando-o para onde estão indo – ao banco à luz do sol, para se sentarem, para verem o rio –, e é imenso este "indo".

O homem corre agora, corre o último trecho, depois ginga os ombros conforme abala cinco lances de escada. Ele põe a mão para fora. Ele tira as chaves.

A mulher em marcha grita, "Bolsas! Bolsas com miçanga!". Mas não há nada em suas mãos.

Oh, Deus, não a deixe pular, não enquanto eu ainda estiver aqui. Oh, Deus, não a faça pensar em sentar-se, não enquanto eu ainda estiver aqui, não enquanto minha mente ainda estiver aqui.

Sente-se.

Haverá mais alguma coisa que esse homem queira?

Já faz muito tempo da cama até o banco – e ele ainda não está lá, não ainda. "Levante-se, meu bem", ela deve ter dito. "Um dia ensolarado tão bonito a chamar um rapaz tão bonito."

Ah, sim, é assim que ela, a mulher, falaria.

"Levante-se, doce amor", ela deve ter dito. "Venha, bem-amado, mais uma vista de olhos."

Vesti-lo deve ter levado horas. Percebe como nada combina com nada? Ah, como deve ter doído, as roupas chegando para serem postas nele – como deve ter doído ele estar em alguma coisa, tocando alguma coisa, vivendo mais uma volta do relógio!

Ele tira as roupas. Ele sintoniza o rádio. Vai embora, volta, ressintoniza. Ele olha para o relógio, olha novamente, coloca a mão no bolso da calça, tira o relógio de pulso. Ele aprendeu – sempre tire o relógio.

"Eu aprendi sem o papel. O papel é só para dar na vista. O que não é? Alguma coisa não serve para dar na vista? Eles colocam você lá, você vai. Escute, eu posso seguir e seguir em frente. Mas eu não preciso. Uma dúzia de voltas é tudo que preciso dar. O bolero e as calçolas são de cetim, são turquesa. Vê os tubos cor-de-rosa? Precisei esperar e esperar pelos sapatos. Mas eu poderia ter dominado os pedais sem eles. Se me cortassem fora os pés, eu ainda teria conseguido. O chapéu? É vermelho. Vermelho é tradição. Preto, turquesa, rosa, vermelho – que conjunto, Jesus."

Eu olhei. Ou um deles olhou. Custou só um olhar e lá vem ela!

Ah, Jesus!

Devo conferir meu relógio e levantar? Talvez eu deva apressar-me para um compromisso mais adiante ao longo da plataforma. Mas estou só sentado aqui, e agora cá está ela!

Sua beleza é impossível – oh, as costas dela enquanto o vai girando a passos tão cheios de consideração.

"Sente-se, meu amor", ela diz.

Ele diz, "Você, querida – sente-se você primeiro".

Mas não consigo ouvi-los falar, na verdade.

Quando ela se senta, já não é mais louca. Ela senta de maneira decorosa, os tornozelos arruinados decorosamente cruzados. Ela dá um pequeno suspiro e silencia, mais uma cidadã, sem palavras como todos nós.

Ele flexiona os dedos dessa mão, depois daquela mão, depois todos os dedos dos pés. Ele olha para o relógio, para a porta, para o relógio, para suas roupas. Lá estão elas, prontas para ele pôr de volta – as calçolas turquesa, a jaqueta sob medida, os sapatos.

Mas por que incomodar-se com isso tudo? Só as calças, então – então abra a porta e vá correndo dar uma olhada.

"Afivelar esse lado, afivelar aquele lado – até um cavalo poderia fazê-lo se tivesse polegares. Mas as crianças berram de aprovação. Sim, elas gostam do afivelamento dos sapatos mais do que da corrida de bicicleta. Sim, sim, o couro machuca. Mas o que não machuca?"

Não, ela não está aguardando um trem. É aqui que ela fica quando se senta. Sim, é porque ela o manteve esperando por mais tempo do que jamais o mantivera esperando, mais tempo do que qualquer um deles jamais o mantivera. Ah, é porque ela nunca o manteve esperando que ele corre para dar uma olhada. O interfone está quebrado? Ela fica ali, cinco lances abaixo, chamando e chamando por ele, e ele está lá em cima? Ela fica ali, assentindo com a cabeça, implorando, dizendo, "Por favor, bem-amado, sente-se agora – por favor, apenas sente-se". Veja como os dedos dele se flexionam. Oh, Deus, ele está dolorido! Oh, Deus, ela vai se levantar – e fazer o quê?

Pular? Só marchar? Cinco lances de escada quase sem roupa? Não haverá nada que ele não possa fazer? "Posso fazer qualquer coisa se você me obrigar." Mas ninguém está aguardando, ninguém está chamando, ninguém está dizendo "Meu bem-amado, meu bem, meu doce". Ela está marchando, ela está gritando. "Por que precisam ser crianças? Como é que as crianças podem saber o que é preciso para fazer uma coisa dessas? Como é que as crianças vão saber como custa manter o equilíbrio? Elas acham que tudo mantém o equilíbrio – casas presas em picos montanhosos de giz de cera que sobe." "Couro do Marrocos!" Só marche, não pule! Subindo de volta as escadas, implorando a Deus, o passo mais vagaroso de todos. "Não, meu doce amor, primeiro você – sente-se, por favor, sente-se", e então ela o faz. Ela senta e diz, "Agora você, meu amor", e o guia até embaixo. Ele fica parado ali na porta. Nada deste lado, nada daquele lado, nada em parte alguma. "Não há bolsos nas minhas calças. Se houvesse, eu os faria pesar. Colocaria pedras dentro, colocaria tudo dentro, só para mostrar quanto poderia carregar e ainda assim seguir em frente." Ele gira e gira, estas rotações mudas – camisa, sapatos, horroroso colete, tudo trancado lá dentro.

 Eu nunca tive aquela cópia.
 Ou bicicleta que fosse do meu tamanho.
 Ou a coragem de permanecer sentado quando lá vem vindo confusão e não disponho sequer de uma rima.
 Tenho uma esposa.
 Tenho o atrapalhado peso de meu amor por ela.
 Sou a besta que pode dar voltas sem descanso.
 Em teoria.
 Até agora.

FLEUR

FRANCAMENTE, é mesmo impressionante a maneira como as coisas retornam, como nada nunca se perde. Veja só – o Strand, o Columbia, o Laurel, o Lido, o Gem. Isso tudo só na noite passada, quando eu estava sentado no vaso, urinando.

O Central. Quase esqueci do Central.

Eram estes os cinemas que eu frequentava na altura em que se ia ao cinema todo sábado. Isto já faz quanto tempo? Uns 35 anos?

E também vi a grande caixa de absorventes Kotex encostando-se, ou encostada, na lateral da banheira.

Pareceu-me novidade aquela rosa amarela lá, de caule longo, fotografada de modo a parecer envolta em névoa. Então, como é que é isso, como é que conseguem? Pondo gaze diante da lente? Vaselina? Névoa de verdade de fato enevoando-a?

Então, como é que acendi a luz? Ou será que acendi?

Eu não sei. Se acendi, então talvez o tenha feito por causa da cozinha.

ESCUTE, o que eu acho é que o lance do mal é que é um lance que tem a ver com o tempo – ao passo que, com a luxúria ou com a violência, você consegue seu apelo básico porque elas não têm. Você vê uma pessoa furando outra pessoa com uma faca ou com uma ereção, e é aquele efeito rápido que proporciona o espetáculo. Não nos iludamos, o que o olho gosta é de impulso transformado em ação com a devida velocidade. O que o olho quer é algo que possa abarcar de uma só vez. Mas quando se trata do mal, aí a coisa muda de figura – porque, com o mal, quem precisa abarcar é a mente e a mente não funciona desse jeito. O olho funciona.

Seja honesto consigo mesmo – não será por isso que Aristóteles não se importou com nada disto e foi duplamente instado a dizê-lo? Não que eu esteja lhe pedindo para enxergar a coisa toda como se eu estivesse trazendo Aristóteles para a conversa para dar o seu aval. Ora, com provas como as que serão mostradas a seguir?

VOLTE UM POUCO, até o momento em que eu estava sentado no vaso e vi a caixa de Kotex com a rosa. Volte, digamos, uns quinze minutos a partir dali. Até a mim, dormindo. A mim, apagado como uma lâmpada. O que, para mim, é exceção interessante, posto que não durmo muito bem. Quero dizer, ainda que você me ouça roncando, provavelmente não estou dormindo.

Eis a segunda exceção interessante da penúltima noite – não costumo respirar pelo nariz quando estou supostamente dormindo, justificando-se o fato da seguinte maneira.

Você sente o cheiro das coisas, certo? (Na cama, que gosto haveríamos de sentir?)

Se não o de sua esposa, então o da fronha – ou, de forma não menos turbulenta, o seu próprio cheiro. Mas digamos que, qualquer que seja o cheiro, ele se coloque como um obstáculo – quando a coisa toda do sono é justamente a luta para pensar um determinado pensamento e o trabalho de aprofundar-se nele – como um besouro que adormece dentro daquilo que o besouro come –, muito embora eu, pessoalmente, nunca adormeça de fato.

Não que eu vá pensar um pensamento sério, como o pensamento que acabo de dar-lhe acerca do mal. O que se quer, na verdade, é qualquer coisa divertida, ou até mesmo amalucada. É verdade – quanto mais amalucada a coisa em que se pensa, mais parecida com uma marreta a derrubá-lo.

Pois, no que se refere à penúltima noite, lembro-me perfeitamente – estou pensando que deviam inventar um cigarro com um gás negativo – você fuma e ele vai sugando todo o lixo que há dentro de você para fora de você. Naturalmente, devia estar respirando pela boca para não sentir o cheiro das coisas. Então, tente explicar este pequeno embrulho de moléculas que é, sem sombra de dúvida, meu nariz, e não minha boca, que detecta.

É como uma lança de perfeita olfação subindo – *o café está queimando, a cozinha está pegando fogo, levante-se, vá dar uma olhada!*

Eis o cheiro. Você conhece o cheiro que é o cheiro do café quando já ferveu todo e o resíduo está começando a torrar e o forno será o próximo? Porém, mesmo no meu semissono eu sei que, na minha casa, quem faz café sou eu. Está brincando? Deixar ela fazer? Além do mais, agora que estou empenhado em sentir o cheiro das coisas, posso sentir o cheiro que ela emana lá de seu devido lugar.

Pode-se ver que há aqui uma outra coisa interessante, que é este embrulho de intrépido vapor. Considere, o dia inteiro ele esteve fuçando a casa, uma vista de olhos aqui, outra acolá, mas basta dar três, quatro da manhã, olá, olá, como se tivessem mirado uma adaga nas profundezas desta narina e houvesse nela uma única gota de desastre – *Cristo pai, incêndio.*

Pense – movimento browniano. Meu Deus, como eu amo essas merdas.

Pare só para considerar. Moléculas que podiam estar há dias suspensas no ar, talvez. Talvez semanas, meses, o quê? Séculos, eras inteiras – café que o próprio Adão teria deixado queimar, certo?

Então é isso que faz com que eu me levante e comece a investigar. O susto, quero dizer. Vá apagar o fogo e tudo o mais. Vá salvar nossas vidas ou, pelo menos, a vida da cozinha.

EIS A HISTÓRIA. Fiquei lá parado na escuridão, observando. Qualquer outro sujeito teria acendido a luz para se certificar. Eu, no entanto, tenho compreensão – conheço ciência, conheço filosofia – Aristóteles não é o único. Como assim, acender a luz? Lá se vai o mistério, lá se vai a arte – o forno esvaziado de acontecimento, vacância da porcelana, nada que perturbasse coisa nenhuma.

Servi-me de leite e biscoitos. Olhos fechados, mente franqueada, servi-me de leite e biscoitos e apoiei-me na bancada, mordiscando, bebericando – um caixote com boca, coisa que quer coisas dentro, sua tampa escancarada, tudo em ordem?

Aristóteles, está me ouvindo?

Precisava de um pensamento amalucado. Precisava de loucura. Precisava das poucas horas de sono que me ocorrem de costume.

Então, o que me chega, o que me chega é isto – sou eu e Izzy e Eddie e Mel. Vem dos meus dias com eles – de Izzy e Eddie e Mel, uma idade lá dentro, uma puta de que, segundo Izzy, todos poderíamos fazer uso se arranjássemos para ela uma garrafa e se conseguíssemos levantar dinheiro o suficiente. Pois bem, sei lá – arranjar a garrafa foi ainda mais difícil que levantar o dinheiro. Mas consegui a garrafa, e quando chegamos lá quem falou fui eu. Ela, a puta, disse que parecíamos rapazes direitos, e eu disse, tendo em vista o fato de que ela nos dissera aquilo, será que ela podia fazer a fineza de dar um desconto de modo que não saísse mais de seis por trepada. Ela disse tudo certo, seis por cabeça, arredondando em 25, mas só boquete, uma mulher de seus cinquenta anos, quarenta, talvez, pequena mole cabeleira desgrenhada cor de goma de mascar.

Izzy foi primeiro, depois eu.

Depois saiu o Eddie e Mel disse não. Então eu voltei lá dentro em vez do Mel.

Foi nesta altura que a fiz emborcar o restante da garrafa, e quando ela já o tinha feito, quando já tinha emborcado, bom, desculpe lá, mas dinheiro é dinheiro, está me entendendo?

Então eu saio e digo que não precisamos pagar nada para ela, ela nunca vai se dar conta. Eddie diz vamos dar metade. Izzy diz o que é isso?

Então, era o que se costumava chamar de caderninho preto nos tempos de antanho.

Izzy diz, "Estão vendo isso aqui?"

NÓS O PEGAMOS. Não pagamos a ela. Não lhe demos um só tostão furado.

Eis a complicação de que me lembro.

Eu digo, "Acho que não devíamos ter pegado o caderno".

Izzy diz, "Vamos folhear. Vamos ver os nomes lá dentro. Vamos ver se o cara que me falou dela está lá".

Mel diz, "E se a gente telefonasse para eles e dissesse que precisam cuspir alguma coisa, senão a gente conta para as esposas ou coisa parecida, para todos eles".

Eddie diz, "Não, o que a gente tem que fazer é o seguinte, telefonar para ela e dizer que para tê-lo de volta vai ter que pagar".

Eu digo, "Isso é terrível. Não podemos fazer isso. Tem que encarar a coisa assim – é furtar alguma coisa, é roubo".

Izzy diz, "Um instante, um instante, estou pensando aqui que tem uma coisa que a gente ainda não pensou".

Eu digo, "Me dá isso. Isso é uma safadeza. Vocês são uns safados. Ainda vai chegar o dia em que vocês vão parar e se lembrar disso e suas cabeças vão descair de vergonha".

ENTÃO O QUE ACONTECEU foi que eu consegui tomar o caderno deles e voltei para a casa dela e fiz com que ela me desse vinte barões pela troca.

Ou pode ser que eu simplesmente tenha tomado os vinte mangos porque ela estava louca demais para dá-los a mim ela própria.

Na penúltima noite eu estava bebericando e mordiscando e

sendo apenas uma coisa que se apoiava e deixava acorrer tudo isso, até mesmo a parte que tinha que ver com o fato de que, por todo o tempo que convivi com eles depois disso, nunca deixei de apontar-lhes quem eram os nojentos e quem era o rapaz direito por ter voltado lá e devolvido o caderno. Eddie, Izzy, Mel – querem apostar como são ainda uns desastres? Depois caminhei na ponta dos pés até o banheiro da suíte e me sentei no vaso sanitário e voltei-me a outros pensamentos. Foi então que me vieram estes nomes – o Strand, o Columbia, o Laurel, o Lido, o Gem – e não nos esqueçamos do Central!

Escute, eu me sentei lá, urinando.

A coisa era manter os olhos fechados e mantê-los preparados para cair no sono novamente. Então por que acendi a luz para ver a grande caixa azul com a rosa amarela, a decisão de um milhão de dólares no cérebro de algum gênio de tornar enevoada a coisa toda?

Três

TRÊS COISAS SE PASSARAM comigo hoje. Uma delas me ensinou o significado do medo. Na verdade, não se trata de coisas que se passaram comigo. Foram apenas coisas que se passaram na minha presença. Não estou certo até que ponto minha presença estava envolvida. Deixemos assim – eu estava presente quando essas coisas se passaram.

A PRIMEIRA COISA foi a mulher falando.

Sugiro que você a visualize assim – belos olhos, belo cabelo, rosto bonito, aqueles ossos, bons ossos. Os olhos são líquidos, o cabelo cor de castanha, parte dele alteado por uma presilha e atirado para trás num efeito plissado.

Eu tinha os olhos fitos naqueles ossos enquanto ela falava.

Ela falava de um amante, do funeral do sujeito.

Ela disse que tinha até gostado.

Ela sabia que eu conhecera o homem. Talvez isso explique tudo. Porque é melhor que alguma coisa explique.

Ele foi um homem de sorte antes de morrer. Estou pensando nas coisas que viu – os ossos da mulher de cima a baixo, os olhos a nado, o cabelo cor de castanha sem a presilha, desfeito o efeito plissado.

Que homem de sorte, pensei.

Era nisto que eu estava pensando enquanto a mulher falava – até mesmo quando mencionou o funeral e aludiu a como havia gostado.

A SEGUNDA COISA foi a cabeça no vagão de metrô.

Isto se passou enquanto eu estava a caminho de casa, faltando uma estação.

Ergui os olhos de nada em particular e a vi chegando da extremidade do vagão, uma cadeira de rodas e um pequeno homem negro atrás dela, empurrando.

Sei que dei uma boa olhada logo de saída. Foi por causa da cadeira de rodas. Era porque lá vinha uma cadeira de rodas por um vagão de metrô. Mas o que me manteve olhando foi a ausência de alguém nela. Era só uma cadeira vazia vindo pelo corredor, um pequeno homem atrás dela, empurrando.

Pensei. Ele empurra essa coisa aqui dentro. Ele faz com que você olhe para ele enquanto faz isso. Se eu olhar, viro seu cliente.

Então eu vi a cabeça. Estava erguida, perfeitamente vertical na cadeira. Falo a sério – uma cabeça, bem no centro do assento.

Era a cabeça de um homem negro com um pouco de barba de homem negro, e havia sob ela uma echarpe, espalhada de um jeito meio espalhafatoso.

Você dirá então que não sou confiável. Mas eu sei que sou. Eu vi. Eu ouvi. Eu vi a boca na cabeça se escancarar no momento em que o trem chegou à minha estação. Eu sei o que ouvi antes da porta se fechar atrás de mim.

Era grave, voz de peito.

Só um verso, mas bastante alto.

Lá longe no Rio Swanee...

Muito empolgante, muito teatral.

O filho da puta era um barítono!

A TERCEIRA COISA foi que voltei para casa.

PESTE ENTRE TIAS

JOGUEI UM FORA logo antes de começar esse daqui. Tentei, tentei. Mas não deu em nada. Este daqui tem o mesmo título que tinha o outro porque aquele outro o tinha tido. Naquele outro, eu estava contando a verdade, motivo pelo qual não deu em nada. Ao passo que neste, já estou mentindo loucamente com os teres e aqueles deste daqui, sem falar no resíduo fazendo-se passar por um título de verdade.

Mas não quero que você já comece tomando o caminho errado até eu querer que você tome o caminho errado. Então, só para constar, eu tive de fato tias, ainda tenho algumas e sempre fui tão peste entre elas quanto podia.

Elas me chamavam assim, aliás – as tias. Ou então bandido ou sr. Diabrura ou capeta.

Bandido era, na verdade, *bondit*, que é outro idioma e que nele talvez não queira dizer bandido. Mas sempre achei que fosse o caso, muito embora as tias colocassem toda ênfase na segunda sílaba.

Consegue ouvir – a maneira como soa?

Bom, eu sempre achei tantas coisas.

Eu estava tentando tornar uma delas explícita naquilo que estava escrevendo e de que desisti. Mas não pude simplesmente não contar a verdade do caso, tendo o caso a ver com tia Helen.

Eis o que eu estava fazendo.

Comecei nomeando todas as tias – assim: Ida, Lily, Esther, Dora, Miriam, Sylvia, Pauline, Adele, Helen, com a Helen vindo em último, exatamente como você está vendo aqui.

Não era uma verdade, mas era o princípio de uma.

Depois ficou pior. Ou eu fiquei. Por páginas e páginas, dizendo algo de bizarro acerca de cada uma delas – acerca das tias –, mas nada acerca da única tia que de fato importava.

Darei um exemplo.

Eu disse, Tome Dora. Eu disse, Dora cozinha peito bovino e depois vai a todas as janelas. Lá está Dora, eu disse, de pé em cada janela, olhando por cada janela, dizendo *oy* em cada janela.

Ouça a Dora fazendo *oy*.

Assim.

Oy.

Quanto a Helen, eu estava chegando lá. Helen é difícil. É do lado da mãe. Helen é tia pelo lado da mãe. Estou ficando nervoso de pensar em chegar até Helen seja por que lado for.

Helen podia deixar você nervoso.

Eis como é a Helen.

Olhos achinesados. Cabelo prateado. À la garçonne.

Helen era espiã sem abandonar sua mesa. Helen decodificava. Helen chefiava a unidade de criptoanálise em algum lugar tão secreto que você poderia morrer por conta dele mesmo que eu não lhe falasse o lugar.

Isto é verdade.

Eu fui visitá-la uma vez. Se eu revelasse sequer o estado em que ela se encontrava, isto poderia nos colocar a todos em maus lençóis. Claro, não me refiro ao estado emocional. Refiro-me ao estado geopolítico. Helen nunca encontrava-se em um estado emocional. Era essa a principal característica de Helen – e ainda é.

O lugar não era grande coisa, o apartamento em que Helen estava. Suponho que o ocupava para estar próxima ao lugar onde fazia suas espionagens do que todas as pessoas do mundo estavam ou estão dizendo.

Havia um intercomunicador, não uma campainha. Isto lhe dará uma noção de quão vagabundo era o lugar de Helen.

A porta se abre uma frestinha de nada.

"Pois não?"

"Tia Helen mora aqui?"

"Que tia Helen?"

"Minha tia Helen."

"Afaste-se."

Eu me afasto. A porta se abre mais um bocadinho de nada.

"Quem é você?"

"Sobrinho dela. Você é a tia Helen?"

"Diga o nome dela."

"Helen?"

"Diga o seu."

"O meu?"

"Está tudo bem!"

ISTO FOI HELEN GRITANDO, essa última coisa que você ouviu. Você a reconheceria em um átimo, sua voz, rascante, parecendo exasperada, um tudo nada trocista, um tudo nada injuriosa – pois sim, chinesa, achinesada, esta seria tia Helen toda.

A mulher no uniforme de exército tinha uma pesada pistola automática metida em um coldre amarrado à altura da cintura.

Isto é verdade – afora o fato de que não estava realmente metida. Estava só ali – meio solta.

Tia Helen permaneceu exatamente onde estava, que era um pouco detrás da compacta mulher, a uma mesa de fórmica cor-de-rosa com um lápis na mão. Quando me aproximei suficientemente, pude ver que aquilo em que estava trabalhando era uma cruzadinha – olhos inclinados, cabelo à la garçonne, tudo colorido, seu sucesso colorido, da cor do aço polido.

Ah, tia Helen!

Ela simplesmente pegou e abandonou tudo. Digo, em 1938, ela simplesmente pegou e abandonou a todos – o marido, a criança – para ser decodificadora e decifrar os códigos do mundo.

Mas eu não sei mais nada sobre ela.

Tia Helen não vai falar.

Por que o faria?

Eu não o faria.

Trabalhar a uma mesa de fórmica cor-de-rosa, vamos lá, diga-me se isto não fala por si só de maneira nada furtiva!

EU SÓ DISSE ISSO para despistá-lo. O nome dela nem Helen é, se você quer saber a verdade. Nem tampouco é o nome de nenhuma delas, nem mesmo de Miriam.

Pensei num bom nome agora para o guarda-costas da Tia Helen.

Sr. Diabrura.

Já que acabei de inventá-la.

Sr. Capeta.

Já que só faço inventar coisas.

É por isso que me chamavam daquilo.

Bondit.

Aposto que era.

Que peste que sou.

Um sobrinho, cuspido e escarrado.

Todo sobrinho.

Oy.

Vá em frente, decodifique.
Lá vem vindo de novo.
Oy.

A DIETA DA PSORÍASE

DA SUA PRIMEIRA lesão eu não sei, mas deixe-me contar da minha. Era só um prurido no começo, uma pequena região pruriginosa, um pequeno pontinho, nada mais. A mãe disse que era a picada de algo assim como um inseto ou de algo assim que causava o prurido. Não era. Todos disseram que era algo assim que causava o prurido, até o momento em que ficou do tamanho de uma moeda de dez centavos, e depois disso todos eles começaram a dizer se ao menos voltasse a ficar do tamanho de uma moeda de dez centavos. Porque não demorou muito até ficar do tamanho de uma moeda de 25 centavos, de uma moeda de 25 centavos maior, e depois eles disseram que estava era do tamanho de uma moeda de cinquenta.

Era dinheiro.

Era psoríase.

Psoríase.

Já vi palavras piores. Além do mais, ela me assegurou uma educação, já que eu comecei a me interessar por linguagem logo depois de a psoríase começar a me repartir em pedaços.

Comecei com as palavras que começam com pê-esse e só fiz seguir em frente depois disso. Não havia como me deter, posso dizer-lhe. Tampouco havia como detê-la. Fizeram de tudo, a mãe e o pai. Não se pode dizer que não tentaram. Tentaram todas as coisas que os vizinhos conheciam. Depois mandaram buscar coisas de que os vizinhos jamais tinham ouvido falar. Eu as usava todas. Mas eram necessárias grandes quantidades, já que ela estava agora por toda parte, já que agora não havia parte alguma em que ela não estivesse.

Eu tinha doze anos.

Eu ficava em casa – trabalhando, como você pode ver, no dicionário. Lancei-me daqueles pê-esses todos ao resto das palavras de ortografia capciosa. Gostava de palavras antigas também. Eis algumas de minhas favoritas. *Pinguelo*. *Piloso*. *Anacorismo*, que sempre faz com que me corrijam. Mas que eu juro, juro – esta não tem a ver

com tempo, mas com o que tem a ver eu não vou contar!
Você não pode me forçar.
Não sou obrigado.

QUANDO EU TINHA QUE IR a algum lugar, ia a médicos. Tiravam-me a beca e davam uma olhada. Não gostavam nada daquilo, posso dizer-lhes. Provavelmente faziam o possível para que eu não percebesse, mas eles, creio, não gostavam nem um isto do que viam.
Nem eu.
Eu ganhava uma jarra para levar para casa. Não bastava para a coisa toda, naturalmente. Mas eles diziam que a ideia era eu experimentar num pequeno ponto para ver como a jarra inteira funcionaria.
A questão é que já não havia um pequeno ponto onde se pudesse experimentar, já que agora a coisa era um grande ponto. Quem poderia escolher um lugar específico onde se deter? Quero dizer, onde determinar o limite? Com o dicionário era a mesma coisa, reparei. Você começa com *paraplegia* e segue em frente até *parasselênio*. Acaba que tudo se torna uma só grande mancha – o dicionário, sua pele, provavelmente todas as coisas.

NÃO ME AGRADARIA DIZER o que eles tentaram.
Provavelmente tentaram com você também, e não funcionou, correto?
Eu simplesmente passei de uma idade a outra – adulteração segundo a qual ela também. Você poderia dizer que eu e a psoríase crescemos juntos. Foi isocrônico, você poderia dizer. Isto é, se ao menos você tivesse um vocabulário tão potente quanto este que vê. Ou será que ouve?
Nesta altura eu estava só. Entendo como isto foi melhor para todos os envolvidos, já que meus pais simplesmente não conseguiam mais suportar olhar para ela para poder olhar para mim. Para falar a verdade, eu também não olhava, eu também não conseguia.
Acho que essa parte você já conhece bem – a catexe que dá quando se olha sempre de paralaxe no espelho, ou quando não se olha. Tudo fica de esguelha, o jeito como olhamos. Você fica ganhando coisas em jarras, mas nunca consegue olhar para ver aonde aquilo tudo está indo.
Mas não estou aqui para ficar de queixumes. Estou aqui é para dar-lhe a cura.

É uma dieta. É o que me curou e o que vai curar você – conquanto siga fielmente as instruções.

Lá vai.

Roa-se de inveja, imbecil!

SE QUISER CÓPIAS desta dieta para amigos e parentes enfermos, lembre-se de que me encontro protegido pelas leis de direitos autorais. Levei uma vida inteira para adumbrar a minha dieta e você não pode sair distribuindo-a assim a qualquer tolo de graça.

Mas talvez você não queira uma cura. Talvez não anseie de fato uma pele salutar. Talvez prefira ficar aí sentado, solitário, mas não sem aquilo que já tem. Talvez isto lhe forneça um tópico de conversação. Ou talvez você tenha acabado de dar graças por não ter sido acometido de gêmeos siameses.

Posso entender isso. Algumas pessoas simplesmente não querem ficar ainda pior do que estão. Eu também não queria, até resolver que eu já estava.

Não anacronismo.

Anacorismo.

Sua vida inteira, anacorismo, anacorismo!

Pesquise.

Como Escrever um Romance

EM PRIMEIRO LUGAR, certifique-se de ter tempo suficiente. É crucial que você tenha tempo suficiente para inventar coisas. Eu, de minha parte, não tenho tempo suficiente para nada parecido.

Mas vou só lhe contar o que é cada coisa. Não será difícil para você me acompanhar enquanto o faço.

Apenas ouça.

Apenas observe.

Estou compondo estas instruções em uma máquina de escrever IBM Seletric. Eu a consegui nos idos de 1961. Eu não a comprei. Consegui-a engambelando, adulando ou roubando mesmo.

A pessoa que é objeto indireto subentendido de um que outro desses verbos era rica. Ele disse pode pegar essa coisa emprestado, use-a por um tempo. Depois, ele enfiou a sua outra coisa na coisa da minha esposa. Eles ainda têm as coisas deles e eu tenho essa coisa e não vou desistir dela.

Ela recebe um serviço de primeira. Eu realmente a amei quando a vi pela primeira vez, e ainda a amo do mesmo jeito.

Eu nunca a cubro com nada. Eu não a cubro com nada parecido com uma cobertura ou algo assim – porque gosto de olhar para ela – a forma. A IBM é boa em dar às coisas formas bonitas. Eu sempre observo as formas das coisas antes de desligar as luzes de um cômodo.

Creio que 1961 foi o primeiro ano da Selectric.

Converso com engenheiros sempre que tenho oportunidade. Não me refiro ao tipo que constrói pontes. Refiro-me aos sujeitos que servem às coisas. São esses os engenheiros com quem converso.

Sabe o que um desses sujeitos me disse uma vez? Compre sempre o primeiro do que quer que seja! Ele disse compre o primeiro do que quer que seja porque o fabricante da coisa nunca mais vai se exaurir daquela maneira de novo – fabricando, sabe, todos os outros depois deste. É por isso que essa continua funcionando muito bem depois de tantos anos maravilhosos, maravilhosos.

O mesmo vale para a câmera Polaroid que eu tenho. Eu tenho a mais velha que existe. Sabe quão velha ela é? Veja quão velha ela é. Ela é chamada, eles a chamam, de Polaroid Land Camera.

Eis o tanto que ela é velha!

No duro, foi a primeira – a primeiríssima Polaroid que os caras da Polaroid fizeram!

Quer ver fotos? Olhe essas fotos! Me diga, quando em sua vida você já viu na sua vida fotos claras como estas?

Por que elas são desse tamanico no começo. Vê o tamanho? Quase nada, certo? Mas depois eu faço o quê? Mas depois eu vou lá e as amplio até ficarem do tamanho do mundo! Está vendo só? Veja elas espalhadas por todas as paredes, se não entende o que estou falando.

Isso é que é resolução, não é?

Bom, essa é minha segunda esposa, está bem?

Estão emolduradas por toda parte.

As pessoas vêm aqui e depois olham para elas e batem nas próprias cabeças.

Meu Deus, elas dizem, que fotos!

Eu digo, primeira leva, o fabricante sabe o que faz.

MEDO:
QUATRO
EXEMPLOS

MINHA FILHA TELEFONOU da faculdade. Ela é boa aluna, notas excelentes, bem-dotada de diversas maneiras.

"Que horas são?", ela disse.

Eu disse, "São duas horas".

"Certo", ela disse. "Agora são duas. Espere-me às quatro – quatro pelo relógio que disse que são duas."

"Era meu relógio de pulso", eu disse.

"Muito bem", ela disse.

São pouco mais de 140 quilômetros, um percurso fácil.

Quinze para as quatro, desci para a rua. Eu tinha em mente as seguintes coisas – procure pelo carro dela, segure uma vaga, esteja lá acenando quando ela virar o quarteirão.

Quinze para as cinco, subi de volta.

Mudei de camisa. Limpei meus sapatos. Olhei no espelho para ver se eu parecia o pai de alguém.

ELA APRESENTOU-SE pouco depois das seis da tarde.

"Trânsito?", eu disse.

"Não", ela disse, e o assunto estava encerrado.

Depois do jantar, ela reclamou de dores insuportáveis, e dobrou-se toda sobre o chão da sala de jantar.

"Minha barriga", ela disse.

"O quê?", eu disse.

Ela disse, "Minha barriga. Que agonia. Me arranje um médico".

Há, a uma distância de poucos quarteirões da minha casa, um hospital grande e famoso. Celebridades vão para lá, estadistas, uma gente que deve saber o que está fazendo.

Com a ajuda de um porteiro e de um ascensorista, levei minha menina ao hospital. Dentro de poucos minutos, dois médicos e um corpo de enfermeiras se incumbiram do caso.

Eu fiquei parado, observando.

Passaram-se horas até conseguirem desdobrá-la e disporem-se a anunciar suas descobertas.

Uma dor de barriga, uma cólica imprevista, certa convulsão do intestino, teimosa ainda que não especificável – andarilha, nada divertida, mas imerecedora de maiores preocupações.

DEIXAMOS O HOSPITAL desacompanhados, valendo-nos de uma cadeia de túneis para abreviar a distância até a casa. A distância exposta, digo – já que seriam quatro horas da manhã nas ruas da cidade e, embora fossem poucos os quarteirões, cada um deles seria um desafio para uma pessoa de estrutura frágil. Então caminhamos pelo sistema de passagens subterrâneas que liga as unidades do hospital, isto até sermos forçados a atonar e sair para o perigo da experiência. Saímos numa rua sem ninguém – até que o vi, um homem que ia de carro em carro. Ele carregava algo embaixo do braço. Parecia um guarda-chuva enrolado – mas não podia ter sido aquilo que parecia ser. Não, não, tinha de ser um instrumento de arrombamento disfarçado de algo inocente.

Ele se voltou para nós enquanto caminhávamos, e depois voltou ao trabalho – fazendo hora próximo aos automóveis, tentando as portas, às vezes usando a coisa para cavucar as janelas.

"Não olhe", eu disse.

Minha filha disse, "O quê?".

Eu disse, "Tem alguém do outro lado da rua. Ele está tentando arrombar carros. Por favor, só continue se comportando como se não o visse".

Minha filha disse, "Onde? Não estou vendo".

COLOQUEI MINHA FILHA na cama e as contas do hospital sobre minha escrivaninha, depois encostei a cabeça no travesseiro e apurei os ouvidos.

Não havia o que escutar.

Antes de me render ao sono, havia apenas uma coisa em minha mente – o menino na sala de tratamento do outro lado do corredor de onde estava minha filha, a vontade que me dera de gritar cada vez que o menino gritara quando um ponto era suturado em sua mão.

"Tira! Tira!"

Era isso que o menino gritava enquanto o cirurgião labutava próximo à ferida.

Pensei no sentimento que me dera ouvir aquele berro terrível. O menino queria que lhe tirassem a agulha. Suponho que a agulha doía mais que a ferida que a agulha deveria consertar. Depois considerei o boleto para serviços de emergência, traduzindo o montante primeiro em ingressos para o teatro e depois em camisas passadas a ferro e devolvidas a você em cabides, não dentro daqueles sacos horrendos.

PARA JEROMÉ - COM AMOR E BEIJOS

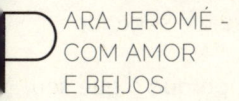

                              Jaydeezie querido,
                            amado meigo amigo
                      maravilhoso filho meu, Jerome

VOCÊ ME FAÇA UMA GENTILEZA e me responda a esta pergunta, queira Deus que não seja para você muito trabalho para você responder. Então você tome os dois segundos que isto vai custar ao todo, Jerome, e me diga, quando jamais se ouviu falar de um homem civilizado que se desvencilha de uma linha perfeitamente boa que não consta da lista telefônica e ainda por cima vai lá e arranja outra? E também, meu bem, supondo-se que você consiga se organizar de modo a abrir um tempo em sua agenda lotada, você me informe então acerca dos comos e porquês de por que motivo o mesmo indivíduo supramencionado não pôde demonstrar a simples cortesia de comunicar primeiro ao próprio pai os particulares referentes aos dígitos necessários. Então, isso é pedir demais, Jerrychik? Quer dizer, antes de qualquer coisa, seu pai quer que você o assegure que ele não está lhe causando demasiada perturbação. Escute, você seja camarada e tome o tempo de dois segundos e liste para mim os motivos para este comportamento. Porque, falando a verdade, gatinho, na minha opinião pessoal, acho que seu pai tem direito a ouvir uma explicação.

    Estou esperando, meu bem. Deus querendo, você entrará em conferência privada com o âmago de seu coração e repensará esta coisa toda e me participará no que diz respeito a sua decisão. Então, você poderia fazer isso por mim, gracinha? Porque eu seu pai estou aqui nesse meio-tempo esperando sentado em alfinetes. Prometa a si mesmo que, com voz que há de ser a calma ela própria, você vai pegar o telefone com o único e exclusivo propósito de participar a mim seu pai se você decidiu afinal na sua mente se isto é comportamento de gente civilizada.

    Nesse meio-tempo, quem poderia evitar de pensar segundo e

conforme uma certa conjectura possível? Então, enterre uma adaga no meu peito por considerar a sério a seguinte teoria, mas estamos mesmo tratando aqui de uma situação em que a pessoa da primeira parte diz de si para si, "O telefone toca e eu atendo, poderia ser a pessoa da segunda parte tentando comunicar-se comigo, mas será que ele seria capaz de fazer isso se eu conseguisse um segundo número que não consta da lista telefônica?"

Então vá em frente e enterre a adaga, Jerome, porque o que seu pai acabou de lhe contar está mais ou menos segundo e conforme o que pensa o seu pai em nível pessoal. E permita-me informar-lhe também, querido, que o pai que está aqui pensando é o mesmo pai que, não faz dois segundos, queria apenas e do âmago de seu coração dizer-lhe um alô e desejar ao seu fofinho boas-festas?

Filhote, vou lhe contar um negócio. Sinta-se autorizado a me apunhalar em algum órgão vital por emitir comentário, mas quero que você ouça com os seus dois ouvidos a minha avaliação da situação anterior. Porque a resposta é que isso não é bonito, Jerome, quando eu vejo comportamento assim, preciso dizer para mim mesmo que não é bonito. E graças a Deus que eu ainda tenho forças no meu corpo para dizer isso. Mas não olhe para mim, Jerome – porque não foi seu pai quem fez as regras, querido, ainda que a regra seja que definitivamente não é bonito.

E já que estamos discutindo a filosofia neste departamento específico, Jerome, vou lhe dizer outra coisa. Falando objetivamente, na minha opinião pessoal todo o seu código de área devia se envergonhar de ter uma telefonista que tem a irrefreada audácia de mandar um senhor idoso ir se catar. Porque, para mal ou para bem, meu querido, foi exatamente isso que a tonta do 603 me disse. Que vergonha, Jerome, que vergonha! E a uma pessoa da idade e dos anos de seu pai.

Você está me ouvindo, querido? Ao sangue do seu sangue, uma completa estranha mandou ir se catar! Então me diga, menino, é isso que se ensina no seu código de área? Ou será que a pessoa recebeu treinamento por parte de certa pessoa mutuamente nossa conhecida que neste entroncamento eu seu pai irei em frente e deixarei inominada? Por assim dizer, vá passear? Eu quero que você me diga, Jerome, que tipo de criatura diz vá passear ao pai da criança? Porque espero não ter que lembrá-lo de que o pai que ouviu essas palavras ditas a ele é também o mesmo pai que abdicaria da própria vida pelo seu fofinho, queira Deus apenas que eu esteja vivo e bem quando você não tiver planos melhores e decidir na sua razão que é o momento de pedir este favor.

    Olhe, Jerrychik, se Deus fizer um milagre e você encontrar forças para me telefonar, então, quem sabe, você não disporia de dois segundos adicionais para me dar os números exatos no tocante a quanto é que lhe custa, na ponta do lápis, fazer uma telefonista falar dessa maneira a uma pessoa de meus anos e idade avançados, sem importar o fato de eu lhe ter dito que se tratava de uma emergência e também que a pessoa em questão era meu próprio filho. Escute, você acha que a mulher divulgava sequer o primeiro dígito? Você se ajoelha, põe-se de quatro diante dela, mas estamos falando de um código de área com um pingo de decência humana?

    Menino, estou sentado aqui pensando certos pensamentos de mim para mim. Então, estaria você interessado na natureza do atual pensamento de seu pai? Porque a resposta é, se um certo indivíduo deseja ser ermitão, está tudo muito bem – então que vá viver em algum lugar onde não exista sequer código de área, para começo de conversa. Mas, excetuando-se esta contingência, digo então que enquanto você continuar mantendo residência permanente no 603, acho que eu, seu pai, tenho todo o direito de ser participado quanto ao restante dos particulares após estes três dígitos!

    Diga-me, pessoa linda, você já parou para pensar em todas as ramificações da situação com a qual estamos lidando no momento? Então pare e pense e me diga, e se fosse, por exemplo, questão de "na saúde ou na doença"? Quero que pense nisto, Jerome. Quero que considere isto com muito cuidado. Entram aqui e dão um tiro na cabeça do seu pai. Então, como qualquer pessoa normal, corro ao telefone para ligar para você e contar as novas. Mas qual é o resultado final da situação que estamos considerando? Qual é o resultado líquido neste caso? Creia-me, seu pai não teve que pegar e ir para a faculdade para lhe descrever o que se vê quando olhamos para o resultado líquido. Porque a resposta é alguma tonta lá no 603 que me diz, enquanto eu sangro até morrer, para que eu por assim dizer vá me catar!

    Certo, não se enerve, Jerrychik.

    Prometo-lhe, tudo está perdoado, tudo está perdoado. E além do mais, foi só pelo bem do argumento que disse que poderia ser uma questão de "na saúde ou na doença". Até agora ainda não entraram aqui ainda e não atiraram em mim ainda. Certo, nunca se sabe, mas até agora não aconteceu. Nesse meio-tempo, graças a Deus, era apenas questão de olá e adeus, que meu filhote esteja vivo e bem. Dou-lhe minha garantia por escrito, Jerome, é só isso que seu pai tinha anotado em sua agenda, boas-festas e olá e adeus. Em dois segundos, cravado, a coisa toda já teria terminado, e sabe o que mais? Isso não lhe teria arrancado nenhum pedaço!

Então você pegue um martelo e dê com ele na minha cabeça porque seu pai estava enlouquecendo de vontade de ouvir a voz de seu filhote. Sabe do que mais, bonitinho? Eu só rezo e espero estar vivo para ver o dia em que vice-versa será o caso. Queira Deus, que o Céu faça um milagre e seu pai permaneça vivo por tanto tempo, você não se preocupe, o número dele consta da lista telefônica. Creia-me, Jerome, você não teria que falar até ficar com a cara roxa. Você não precisaria se equilibrar na orelha esquerda e dançar o jig e depois ouvir meu código de área específico dizer para o meu filho, "Muito bem, muito bom, agora faça-nos um favor e vá catar coquinho".

ENTÃO AGORA É O QUÊ, meu bem?

Primeiro, foi seu próprio quarto.

Em seguida, seu próprio negócio.

E agora, em última análise, com o correr das estações, o que é, doce criatura, o que é?

Filhote, seu pai pode lhe dar um conselho pessoal? Você me promete que não vai se enervar se seu pai lhe falar no nível de conselho do fundo do âmago de seu coração? Porque eu estou aqui para lhe dizer, querido, às vezes seu pai não sabe se ousa abrir a boca com você. Mas quem que consegue respirar com isto no meu peito, um fardo tal que é como se fosse um pedregulho? Então vá e pegue um martelo e me bata com ele com toda sua força, mas nesse meio-tempo o pedregulho está no peito de seu pai, e me perdoe, me perdoe, ele precisa desabafar.

Docinho, sabe o que quer dizer a expressão já basta? Significa que não é para se exceder! Significa que, qualquer que seja o departamento, ele precisa ser tocado da maneira correta. Porque há um momento na vida de todos em que, realmente, já basta! E sabe do que mais? Seu pai não precisou ir para a faculdade para lhe dizer que isto é de lei. Mas vá olhar por si próprio, está lá em preto e branco. Você me diga o departamento, a resposta é que não é para se exceder no tocante a ele porque a lei é que já basta. Que nem com a mulher que vai até o juiz, por exemplo, já ouviu essa, Jerome? Daí essa mulher diz para o juiz, "Você me dê um divórcio", e o juiz responde a ela, "Na sua idade e com seus anos você quer um divórcio? Você está velha - noventa, noventa e cinco anos?". E a mulher diz para ele, "Fiz noventa e sete julho passado". Daí o juiz diz para ela, "Você vem me ver agora, tendo completado noventa e sete anos julho passado?". Ouviu isso, Jerome? O juiz diz para essa mulher, "Por que vir até mim agora, uma pessoa que pode a qualquer momento cair morta?". Jerome, meu bem, quero que fique sabendo o que essa mulher disse ao juiz. Menino, meu bem, está me ouvindo com as duas orelhas? Porque ela disse para o homem, "Porque já basta!".

Isto é sabedoria, meu doce, sabedoria. Não preciso dizer sabedoria de que ordem. Concedo, você é você mesmo um gênio. Mas até mesmo um gênio pode viver e aprender. Até mesmo um indivíduo brilhante e um camarada inteligente como aquele juiz pode. Creia-me, Jerrychik, aquela mulher não precisou ir para a faculdade e estudar ao pé de nenhum Einstein para ensinar àquele juiz a verdade das coisas. E o homem era um homem instruído, Jerome! Mas pergunte-se, o homem tinha ou não tinha muito que aprender ainda?

Menino, este é o conselho do seu pai para você do âmago do coração do seu pai. Em palavras de poucas sílabas, querido, chega um momento em que você precisa dizer para si mesmo que já basta. Mas vamos encarar a verdade, quem sou eu para abrir minha boca e tentar ensinar um gênio como você? Escute, só porque eu sou o pai e sei de coisas por amarga experiência, isto me dá o direito de lhe dizer a verdade das coisas? Esqueça até mesmo que eu sou mais velho, Jerome. Esqueça até mesmo que eu, enquanto seu pai, pularia do mais alto edifício por você. Isto ainda não me dá o direito de chegar assim e explicar os fatos da vida a uma pessoa que é um gênio, ainda que calhe de ele ser um ser humano que não faz ideia de nada.

Mas nesse meio-tempo, fofinho, seu pai sabe o que sabe, e ele não ficou esperando que um professor viesse e lhe explicasse os fatos da vida. Você me diga o assunto, Jerome, todas as faculdades no mundo lhe dirão que há uma regra que é primeiríssima quando se quer ser adulto, e para seu governo é a regra que diz às pessoas já basta, já basta. Concedo, um gênio tem todo o direito de pensar consigo mesmo, "Sou um gênio e acabei de descobrir um assunto em que a regra é que ainda não basta". Você acha que seu pai não compreende e tem nisso toda fiança e fé, Jerome? Você acha que seu pai não percebe que, com um gênio, o cérebro se embola todo e diz para si mesmo, "Acabo de encontrar um assunto em que não há mais apostas a fazer"?

Então, só pelo bem do argumento, meu bem, consideremos esta situação específica. Porque seu pai está disposto a acompanhá-lo e considerar com você a questão de todos os ângulos. Por exemplo suponha apenas que eu escolha assim no susto um tópico para que nós o investiguemos como, digamos, dois adultos civilizados. Então que tal por exemplo talvez privacidade? Vamos por exemplo considerar uma pessoa que lhe diz que precisa de PRIVACIDADE, senão. Então, por dois segundos, Jerome, você e seu pai vão fazer de conta que este é nosso tópico, P-R-I-V-A-C-I-D-A-D-E.

Agora me diga, sr. Gênio, seu pai sabia qual tópico escolher? Porque não vá se preocupar, Jerrychik, este assunto o seu pai poderia achar com uma venda nos olhos e até mesmo com os olhos fechados e o cômodo todo apagado! Sem falar que seu pai poderia também soletrá-lo de trás para a frente e de lado também e lhe dizer nesse meio-tempo que ainda dá na mesma coisa, que é V-Á S-E C-A-T-A-R. Mas Deus proíba seu pai de ousar começar a soletrar para uma pessoa que é o ser humano mais inteligente do mundo e portanto é de supor que saiba soletrar ele próprio.

Escute, gatinho, você não precisa ser cerimonioso comigo, eu prometo. Vá em frente, quando estiver pronto, eu estarei. Vá pegar um martelo ou uma adaga, o que der menos trabalho de ir lá pegar. Creia-me, meu bem, como gênio e como criança brilhante, você tem todo o direito de ir em frente e pegar qualquer objeto que lhe aprouver ir pegar. Ouça, se você, queira Deus, puder roubar um pouco de tempo aos seus negócios importantes e levantar e ir à procura, talvez consiga pôr as mãos num atiçador de lareira em brasa e queimar ambos os meus olhos, se for esse o custo de você se sentir melhor. Porque, sabe do que mais, Jerome? Porque seu pai acaba de ouvir a si mesmo mencionar o tópico da privacidade, então ele não é merecedor do que quer que seja que você decida ser para ele o pior dos castigos?

Talvez você deva contatar o FBI, Jerome.

Pois ligue para o FBI, porque o seu pai acaba de ter a pachorra de tentar fazer jus ao tópico e falar com seu filhinho do fundo do âmago do seu coração.

Está me ouvindo, menino? Estou esperando por qualquer que seja o castigo que você na sua brilhante opinião acha que seria aquele que seu pai não poderia suportar. Porque se só de respirar o seu pai faz uma algazarra tão grande a ponto de seu gatinho não conseguir ouvir os próprios pensamentos, então tudo o que você precisa fazer é pegar o telefone e dizer para eles que quer me denunciar por causar um tumulto criminoso para um pai fazer. Então você telefone para a Polícia Federal em vez do FBI se o FBI atender e disser neste minuto que está muito ocupado com outros casos, querido, e não vai poder vir neste instante efetuar uma prisão.

ESCUTE, JEROME QUERIDO, quero dar-lhe toda segurança de que seu pai não o culparia nem por um segundo se você pegasse e conseguisse mais um número que não consta da lista telefônica além deste que você já conseguiu. Mas por que tanto esforço, fofinho, por quê? Use o senso comum! Você acha que seu pai ficaria parado e deixaria você ir até a sede da companhia telefônica e ficar lá esperando um tempão até eles ficarem desafogados o bastante lá para informá-lo dos vais e vens de todos os seus novos dígitos? Creia-me, menino, basta você pedir que seu pai vai poupá-lo de todo esse desgosto. Porque mesmo se só respirando pela minha boca é tão barulhento que você no seu cérebro não consegue suportar, esqueça a companhia telefônica, tudo que precisa fazer é se pronunciar. Você acha que eu, seu pai, negaria a você um isto de felicidade por um único minuto? Então por que hesitar? Um sinalzinho pequenino é tudo que seu pai lhe pede. Você não precisaria nem erguer um dedo se o banzé que o sangue faz em minhas veias calha de constituir para você perturbação tão horrível à sua privacidade que você não consegue a paz e o sossego que precisa para ir adiante e ser um gênio. Você poderia dar uma piscadela, querido. Já erguer um dedo, isto eu definitivamente não recomendaria a uma pessoa artística. Quem sabe, você pode romper alguma coisa – não vale a pena correr riscos em se tratando de hérnia. Uma piscadela, Jerrychik, e todas as suas preocupações estarão acabadas. Uma piscadela do meu filhote será mais que o suficiente. Porque esqueça, seu pai vai seguir em frente daquele ponto, é seu pai que vai fazer toda a carreira, ao passo que você, você próprio pode só sentar e relaxar e escrever para todo mundo mais um best-seller. Não se preocupe, não se preocupe, você não precisaria nem me dar uma piscadela completa se decidisse em sua cabeça que não está a fim. Querido, você poderia dar ao seu pai talvez uma minipiscadela, se for esta a sua decisão. Mas eu lhe garanto, meu bem, uma minipiscadela de seu gênio e em dois tempos seu pai estará subindo aos pulos as escadas deste edifício, esperando e rezando no âmago de seu coração que a administração não tenha colocado um guarda-corpo ao redor do telhado de modo que eu possa pular sem pedir ajuda. Creia-me, sinto muito, Jerome, por seu pai não ter manifestado ao se mudar para cá a previdência de subir e dar uma olhada para verificar a configuração lá para começo de conversa.

    Mas estou me fazendo entender, doçura? Responda, querido, não estará entrando por um ouvido e saindo pelo outro? Porque eu quero que você saiba que seu pai não poderia se matar rápido o suficiente se for isso o necessário para que ele se certifique de que seu filhinho receba até a última onça de todo o êxtase que ele enquanto gênio merece. Mas eu lhe pergunto, meu gatinho, solidão? Está me dizendo solidão e reclusão para sempre para todo o sempre, é isto o que custa? Porque seu pai está disposto a aprender, querido, então me diga. Então me mostre onde no livro está escrito que solidão e reclusão são a mesma coisa que felicidade e contentamento, e nesse meio-tempo um pipilo de alguém que o adora loucamente é uma tragédia tal que você definitivamente não a suportaria nem por um instante. Preto no branco, Jerome, mostre ao seu pai que tanto o tem como tesouro onde isto está escrito. Porque por mais que seu pai seja tonto, ele mantém ainda a mente aberta. Mas até que você se sinta apto a mostrar, neste ínterim, não se enerve, querido, seu pai acaba de fazer-lhe uma promessa solene. Se uma chamada telefônica ou um postal ou uma carta são para você uma luta tão grande que você não suporta, mesmo que seja apenas para olá e para adeus e para espero não lhe ter dado muito agravo e perturbação, então relaxe, precioso, não se preocupe, uma mini-piscadela vinda de você há de resolver o caso todo. Está me ouvindo? Uma semi-demi-mini piscadela e seu pai ficará é muito feliz de poder lhe dar a prenda de seu próprio cadáver. E sabe do que mais, meu bem? Você não precisaria nem me agradecer por isso se estivesse ocupado demais sendo um gênio e um eremita e a luz da minha vida.

    Está me ouvindo, pequeno? Está prestando atenção irrestrita? Seu pai não está falando só para se ouvir falar? Porque eu não terei descanso nem por um mísero solitário segundo até me certificar no âmago do meu coração de que você me ouviu. Escute, talvez você deva escrever isso de seu pai estar pronto e disposto a ir para a própria cova caso a presença dele aqui nesta Terra não dê ao seu menino toda a privacidade no 603 de que ele necessita. Aproveite e anote que uma piscadela inteira é totalmente desnecessária. Um pequeno tremor da pálpebra como se você estivesse meio que só pensando em piscar, mas está provavelmente ocupado demais com ocupações para fazê-lo, eu lhe prometo que seu pai irá correr a algum prédio vizinho se, Deus me livre, calhar de este aqui já tiver um guarda-corpo no telhado.

Querido, eu só espero e oro para que o resultado final não seja eu ter que me encaminhar ao prédio vizinho e assim fazê-lo esperar. Com Deus por meu juiz, me perdoe, mas com meus anos e idade, um guarda-corpo, quem sabe, talvez eu não conseguisse subir tão rápido, ao passo que nesse meio-tempo não há ninguém lá em cima que esteja sendo pago para me dar uma mão. Mas mesmo que a história se repita no prédio vizinho, está tudo bem, querido, está tudo bem, há prédios aqui por todo o quarteirão, e seu pai simplesmente continuará procurando até que, Deus o ajude, alguma coisa finalmente vá em frente e dê certo.

Esta, Jaydeezie, é a solene promessa que faço a você. E tudo que preciso dizer é que estou de quatro agradecendo a Deus por seu pai ainda ter forças no corpo para fazer-lhe esta afirmação juramentada dele para você por escrito. Mas creia-me, Jerome, se calha de acontecer que durante todos esses anos era disso que você sempre precisou, você só precisava me dizer. Porque é que nem com o homem que vai apanhar o terno. Então ele diz para o alfaiate: "Você me faça um terno – o que custar, custou. Quero o melhor, então não se preocupe." E o alfaiate diz ao homem, "Ok, não vou poupar nada. Vou pegar o tecido especialmente de Bornéu, a linha vou mandar fazer na China, e para os botões eu estou pensando em termos de um iaque que tem na Turquia, botões feitos com os chifres desse iaque". Daí o homem diz ao alfaiate, "Isto me soa como um terno excelente, então, quando é que posso vir apanhá-lo, este terno?", e o alfaiate diz ao homem, "Uma produção dessas, coisas vindo daqui e dacolá, tudo feito sob encomenda, estamos falando aí de seis ou oito meses no mínimo". Daí o homem diz, "Seis, oito meses! Como é que posso esperar seis, oito meses se eu tenho um Bar Mitzvah nesse sábado e estava pensando em usar o terno?".

Jerome, querido, você quer me fazer o favor de ouvir com seus dois próprios ouvidos o que o alfaiate disse a este homem? Porque é isto que o alfaiate diz ao homem. Ele lhe diz, "Já que você precisa, está na mão".

Então, me faço entender, Jerome? Por que ficar de cerimônia? Você me trema a pálpebra um tremelique pequenino assim e em dois segundos o seu pai sai de cena por você, sem perguntas, acabaram-se as apostas, adeus e boa sorte e pode esquecer!

NESSE MEIO-TEMPO, quem sabe, talvez eu esteja tirando conclusões precipitadas demais. Talvez o 603 não estivesse funcionando direito por conta das festas, uma sobrecarga dessas de repente na eletricidade. Encaremos, provavelmente eles precisam lidar com um mutirão de filhos e filhas telefonando lá o dia inteiro de todos os diferentes códigos de área e nesse meio-tempo seu pai é a única pessoa que está ligando no sentido oposto, então talvez tenha me acontecido algum tipo de enguiço técnico e aquele não era nem o 603, para começo de conversa. Entretanto, seja lá como for, vá se catar ainda não é coisa que se diga a uma pessoa quando ela está fazendo uma pergunta perfeitamente civilizada. Escute, querido, queira Deus que ninguém lá no 603 seja despedido e desça aqui até o 305 à procura de serviço. Porque estou perfeitamente à vontade para lhe dizer que com uma boca suja como a que seu pai ouviu, não se é contratado assim tão rápido neste código de área aqui, não. Nem mesmo que traga no bolso a recomendação pessoal de um gênio!

Jerrychik, meu bem, está esquecido e perdoado, então perdoemos e esqueçamos. Enquanto isso, já são novamente os dias santos, então isso é hora de amargura e recriminação? Docinho, são águas passadas. Façamos a nós mesmos um favor e mudemos de conversa. Um novo começo, menino. O que é que tem se mais um ano escoou pelo ralo e tudo segue um pouco abaixo do padrão do seu lado da barganha? Você acha que seu pai está mantendo um placar quanto à questão de quem envia postais e cartas a quem, sem falar de quem nem mesmo faz uma simples chamada telefônica? Grande coisa que todo mundo do 305 está recebendo ligações. Você acha que eu não sei que não tenho o direito de esperar um pouco de decência e consideração da sua parte quando sempre pode acontecer de você romper um ligamento ao levantar o lápis errado? Escute, longe vá a ideia de que seu pai olharia duas vezes a um carteiro. Por que nos iludirmos? Quem é que ainda se lembra do aspecto de um desses indivíduos, já faz tanto tempo que alguém teve o prazer.

Escute, meu bem, antes que você esqueça, com suas próprias duas mãos é melhor que você vasculhe os arredores atrás do objeto contundente mais próximo. Porque eu me ouço falando com você e o que é que ouço além de crítica atrás de crítica? Prometa-me, Jerome, que não vai sair e gastar muito dinheiro com a última palavra em contundentes. Contanto que esteja abaixo de vinte dólares, então vá e faça o investimento e depois me acerte bem no meio dos olhos ou aqui atrás da cabeça, bem aqui, o que você decidir na sua mente, querido, o que for mais conveniente do seu ponto de vista. Porque cá estou eu, escrevendo para trazer-lhe saudações de boas-festas, e o que é que estou trazendo ao meu bonitinho além de recriminação atrás de recriminação, apesar de minhas singelas e honestas intenções. E ainda que isso tudo seja em seu benefício, Jerome, eu ainda digo a mim mesmo que vergonha, que vergonha! Olhe, quando você tiver acabado com o objeto contundente, você devia deixar instruções para que coloquem o seu pai na câmara de gás e o mantenham a pão e água. Sem leniência, Jerome – seu pai jamais fez por merecer nesta vida nem uma partícula de leniência ou clemência ou por bom comportamento uma condicional! A câmara de gás e depois a mangueira de borracha, Jerome, até mesmo medidas assim drásticas seriam ainda boas demais para um ser humano do meu calibre.

    Filhote, será que você encontraria disposição no âmago do seu coração para começar da estaca zero? Porque, no que diz respeito a seu pai, deste instante mesmo em diante a história muda de figura inteiramente. É como se estivéssemos começando do princípio, certo? O que quer que seja que eu seu pai tenha dito por não se lembrar antes de morder fora a própria língua, prometa-me, querido, que já apagou. Quer dizer, acaba de me ocorrer que, quem sabe, você talvez me tenha enviado uma coisinha, mas esqueceu daquilo do código postal. Por favor, um gênio como este meu tesouro com tanta coisa no cérebro, então quem é que tem espaço numa coisa como um cérebro desses para um punhado de números sem importância? Mas pergunte a si mesmo, se você não colocar o código postal, os imbecis entregam? Creia-me, um indivíduo tem mais é que sentar e contar suas bênçãos se eles não vêm atrás de você também no seu próprio endereço domiciliar e arrancam-lhe membro a membro.

    É a verdade, Jerrychik – nada nestes dias é como costumava ser, de nenhum modo, formato ou maneira. Não é nada parecido com os velhos tempos. Diga, querido, você se lembra como eram as coisas nos velhos tempos quando você estava no topo do mundo e seu pai estava bem aqui lá em cima naquela cobertura? Pois adivinhe quem está na cobertura agora. Você consegue adivinhar? Porque a resposta é aquela família Bellow! E depois deles há os Krantzes, que estão em segundo na lista para entrar. Mas nos velhos tempos tudo era diferente. Nos dias de hoje, bom, talvez certo seja você, um eremita. Creia-me, não pense que seu pai não tenha considerado isto por esta perspectiva. Olho para o modo como as coisas são hoje em dia, Jerrychik, e eu tenho que dizer para mim mesmo, "Sol, talvez todos nós tenhamos mais é que ir viver lá onde a telefonista escuta que estão à sua procura e diz, não importa a quem, dê o fora, esqueça, vá passear, seu lambão".

Nos dias de hoje, doçura, é coisa de tudo quanto é descrição, e sabe do que mais? Posso falar o quê? Porque, juro por Deus, uma fração apenas basta para o seu pai querer vomitar. Vá lá olhar se não acredita em mim, querido. Quer dizer, até mesmo no jardim de infância você escuta a professora dizer às crianças está na hora do leite, peguem o seu leite, bebam fazendo favor seu leite. Porém, eis que hoje em dia há sempre a criança que jamais encostaria por nada nesse mundo no leite. Então, a criança que seu pai tem em mente chama-se o menino Goldbaum e a professora diz a ele, ela diz, "Goldbaum, beba seu leite". Mas como é que Goldbaum responde a essa mulher? Porque você não acreditaria nisso, Jerome, mas a criança diz para a mulher, "Eu nunca beberia essa porra de leite".

É assim, Jerome, é assim que nos tempos que correm uma criança responde! Daí eu nem preciso dizer que a professora vai naquele mesmo instante pegar o telefone e telefona para a mãe da criança e ela diz a essa mulher para ir até lá. Então quando a sra. Goldbaum chega, a professora diz à mulher, "Por favor, quero que ouça isto", e então a professora fica lá parada e diz ao menino, "Goldbaum, beba seu leite".

Jerome, querido, tão certo quanto eu vivo e respiro, é assim que a criança responde pela segunda vez. Está prestando atenção, Jerome? Porque a criança, ela diz à professora, "Eu não só nunca beberia esta porra de leite por você, como você pode metê-lo no traseiro".

Ouviu isso, Jerome? Meu bem, em todos os seus dias de nascido, você jamais acreditaria numa coisa dessas, Jerome?

Então sabe o que acontece em seguida? Querido, a professora se volta para aquela mãe e diz para a mulher, "Você ouviu o que seu filho acabou de dizer?". Ao passo que, Jerome, como me peja dizê-lo, gela o sangue de seu pai dizê-lo, mas aquela mãe se volta para aquela professora e diz para a mulher, "Claro que ouvi – e foda-se ele!".

Filhote, é assim que é o mundo hoje em dia. Você me ouviu, gatinho? Porque isso – isso! – é o seu mundo de hoje em dia. E não se preocupe, querido, acredite, mesmo no 305 o seu pai já reparou. Mas falando no assunto de mães, Jerome, acabo de me lembrar de uma coisa. Porque talvez você tenha telefonado para dizer alô e seu pai não estava aqui para atender. Então mesmo que você tenha telefonado de noite, Jerome, pode ter acontecido, querido, a razão pela qual eu seu pai não estava aqui para atender foi por causa de uma certa sra.

Pinkowitz. E sabe do que mais? Posso falar o quê? Porque eu não tenho vergonha alguma de admiti-lo, nem por um instante!

    Sei que não preciso recordá-lo do fato de que seu pai é um homem crescido, Jerome. Caso não tenha ainda talvez percebido, seu pai é um adulto nesse meio-tempo. Então, enquanto homem crescido e enquanto adulto, fofinho, justificativa é uma coisa que não preciso dar a ninguém, incluindo certo imencionável residente do código de área 603. Filhote, estes são os fatos da vida, e quem calhou de inventá-los definitivamente não foi o seu pai.

    De modo que agora você sabe. Então não nos iludamos, foi uma noite apenas, mas então agora então minha luz da minha vida sabe, então me processe agora, então vá ligar para o Supremo Tribunal e venha me processar!

OUÇA, JERRYCHIK, entre pai e filho, honestidade é a melhor conduta, esta é minha opinião pessoal. Então, é me dirigindo a você desta maneira, querido, que chega o momento em que devo introduzir a você o, por assim dizer, assunto Gert Pinkowitz. Estou me fazendo entender claramente, Jerome? Porque mesmo com minha saúde e com os meus anos, eu agradeço a Deus que a questão do romance ainda não tenha saído completamente do campo das possibilidades para mim. Mas antes de mais, Jerome, não preciso instruí-lo quanto ao fato de que seu pai é o tipo de indivíduo que dá conforto a quem merece. Agora, tome a criatura à qual aludi agora há pouco, porque, para seu governo pessoal, tesouro, trata-se de uma pessoa com desgosto o bastante no coração para um exército inteiro. Escute, se puder acreditar, querido, até mais que eu seu pai, esta pessoa, esta mulher, ela sofre e sofre. Querido, nem em todos os seus dias de nascido você teria como calcular! Mas quem sabe, talvez eu já tenha contado que criatura esbelta e adorável é Gert Pinkowitz, isto sem falar que esta mulher é também um indivíduo que poderia me dar uma bela rasteira no que diz respeito à questão de quanta agonia um ser humano tem de ficar lá sentado recebendo das mãos do sangue de seu próprio sangue! E adivinhe só, menino – como no caso de seu próprio pai pessoal, é um filho que é no caso de Gert Pinkowitz a fonte no que diz respeito a de onde está vindo até a última fração da tragédia de Gert Pinkowitz como mãe.

    Diga-me, querido, você jamais pensou que veria o dia em que eu seu pai esbarraria em cheio assim numa coincidência tão grande? Escute, eu sei que o mundo é pequeno, você não precisa me explicar que o mundo é pequeno, mas uma coisa como essa é no entanto definitivamente inacreditável – bem aqui comigo no mesmo edifício uma criatura que assim como seu pai que também tem um filho que você poderia sentar lá e romper um vaso sanguíneo por causa dele.

Mas quem sabe se já não fiz menção? Talvez já tenha ou talvez não tenha já feito menção em alguma comunicação anterior. Por outro lado, tesouro, já que não lhe escrevi anteontem, então preciso dizer a mim mesmo, "Encare a verdade, Sol, você não fez menção". Porque quando você para para considerar a aritmética, menino, faz apenas vinte e quatro horas desde que a mulher pôs os pés no recinto e estabeleceu residência aqui neste edifício.

Pois bem, benzinho, docinho, seu pai anda se encontrando com uma certa pessoa esbelta, nada de que adultos como nós precisemos nos envergonhar. E daí que até o presente momento o romance tenha sido tempestuoso! Você acha que eu seu pai não tenho o instrumental para ver por mim mesmo onde a aritmética fala por si mesma? Nesse meio-tempo, a coisa não podia ser evitada, querido, duas criaturas que se encontram elas próprias disponíveis quanto aos anais de estar junto e que nesse meio-tempo têm tanta infelicidade em comum.

Isto é destino, menino. É isto que significa quando você pergunta a eles pelos comos e porquês e eles vêm e lhe dizem é destino, é destino, e mesmo se equilibrando no ouvido esquerdo seria impossível evitá-lo. Que nem com aquele camarada que diz para o irmão, "Então vá até o 305 e não se preocupe, prometo que vou vigiar a gata, ela vai ficar bem, nem em toda a vida desta gata ela conseguirá um dia atenção melhor do que a que eu seu irmão darei a esta gata!". Então o irmão que é tão doido por sua gata que não conseguiria jamais nem por dois segundos se subtrair à gata nem mesmo talvez para umas pequenas férias, o homem diz a si próprio tudo bem e vai ao 305, Jerome, e quando o homem chega lá, a primeira coisa que ele faz é pegar o telefone e ligar para o seu irmão que ainda está lá no 212 e dizer ao seu irmão, "Então, como vai a gata?".

Escute, Jerome. Porque eu quero que você ouça como o irmão do 212 responde ao irmão que está no 305 quando o irmão no 212 diz ao irmão no 305, "A gata está morta".

Então me diga, filhote, ouviu ou não ouviu essa – "A gata está morta"? Você consegue acreditar nisso, que este irmão tenha de ouvir o irmão dele dizer, bing bang, a gata está morta!

Então, naturalmente, dá-se um longo silêncio com ninguém falando. E daí em seguida o irmão no 305 diz ao irmão no 212, "Mas que beleza de irmão que eu tenho! Pergunto a você como está a gata e você me responde, bing bang, a gata está morta! Que tipo de maneira é esta de um irmão dizer uma coisa a outro irmão, bing bang, a gata está morta? Creia-me, você devia aprender como se diz uma coisa quando um ser humano lhe faz uma pergunta – não só bing bang, sem preliminares, sem fanfarras, sem aberturas, a gata está morta! Escute, da próxima vez que alguém lhe perguntar como está a gata, então como é que está esta gata que é a luz da minha vida, você diga a eles que levou a gata para o telhado para tomar um pouco de ar fresco e ela apanhou um leve resfriado e você já a colocou na cama e dentro de alguns dias, Deus querendo, ela já vai estar de pé e bem, como se estivesse novinha em folha, então não se preocupe, então não se irrite, então não se angustie, vá para o seu hotel, registre-se no seu hotel, relaxe, coloque uma roupa de banho e daqui a pouco nós conversamos. Daí quando eu ligar de novo dali a algumas horas para perguntar o que é feito da gata, você me diz, bom, houve complicações com a gata, mandamos vir um especialista para a gata, não estamos poupando nenhuma despesa, o resfriado foi de ela fungar para o peito, foi do fungar para o corpo todo dela, mas com a ajuda de Deus ela vai resistir – e nada de bing bang, nenhuma abertura, nenhuma abordagem, nenhum atalho ou via expressa, apenas a gata está morta! E daí quando eu telefonar mais uma vez para ver com você o que disse o especialista, é nessa altura que você me diz nunca se sabe, não há jamais garantia, a gata que você precisou levar às pressas para o hospital há dois segundos e mesmo com os melhores homens médicos de toda a ciência de todas as partes de todas as universidades do mundo, você veja só, as coisas não foram às mil maravilhas, as coisas foram de mal a pior, a vida não é senão uma manga puída, a gata foi lá e faleceu. É assim que um irmão fala a um irmão, nada de bing bang, a gata está morta!".

Então o irmão que está no 212, Jerome, ele diz para o irmão que está no 305, "Veja, me desculpe, me desculpe, da próxima vez a história será diferente, da próxima vez já saberei como proceder, da próxima vez eu não deixaria para lá tão rápido as cortesias, eu lhe prometo". É aí que o irmão que está no 305 diz ao irmão que está no 212, "Esqueça. Daí que é só uma gata. Daí que, no entanto, daí que é mais importante, daí me diga, querido, daí, como vai a mãe?".

Jerome querido, você está ouvindo isso? Ouviu quando o irmão que está no 305 diz ao homem, "Daí, como vai a mãe?" Agora preste atenção, querido, porque eu quero que você por favor ouça e ouça de verdade também o que o irmão que está no 212 diz para o irmão que está no 305, porque isto, meu bem, é isto que ele diz para o sujeito, tintim por tintim. Ele lhe diz, "A mãe?". Ele lhe diz, "Bom, a mãe, deixe-me contar – a mãe, aquela mulher, eu a levei até o telhado para respirar um pouco de ar fresco".

Isto é destino, menino! Isto, o que acabei de lhe contar, é destino e não pode haver dúvidas a respeito. Então entre seu pai e Gert Pinkowitz a história é a mesma – é o destino, não importa sob que ângulo se analisa a coisa. E não se iluda, filhote, com dois indivíduos na nossa situação, não daria para evitá-lo nem que se mandasse chamar a polícia.

Certo, então nesta altura, admito a você, tudo ainda está em suspenso, na etapa dos encontros. Mas até mesmo com Romeu foi preciso uma etapa de encontros antes que seres humanos civilizados possam deixar a coisa rumar para lá, para cá e para o outro lado. Creia-me, seu pai é um homem paciente, Jerome – 36 horas, 48 horas, por uma bonequinha como esta criatura, por pessoa tão esbelta, seu pai poderia fazer uma exceção e esperar para contar as galinhas quando elas resolverem voltar para o poleiro. Mas para certas coisas, querido, paciência já não faz sentido, a paciência não faria aquilo que cabeças muito mais sábias que a de seu pai chamam grande diferença.

Filhote, Jerome, querido, faça-me o favor de me escutar – porque eu seu pai estou aqui para lhe dizer que em certos departamentos nem mesmo a paciência de um santo daria para o gasto, que dirá Jó e toda a religião judaica. Portanto chame os policiais federais, Jerome. E se os policiais federais não lhe proporcionarem satisfação total, então talvez você poderia chamar alguém da Câmara dos Deputados ou da comissão de Alimentos e Fármacos. Querido, vá buscar qualquer corte legislativa que precise buscar, contanto que saiba que eu seu pai não pude me conter, lamento ter que me sentar aqui e contar para você, Jerrychik, mas já basta! Passou de bastar!

Então primeiro você vai separar um tempo e decidir na sua mente para qual deles quer ligar para que venham me buscar, o defensor público do 603 ou o defensor público do 305. E neste meio tempo, seu pai lhe promete, ele não vai se mover uma polegada deste canto aqui e nem dar uma de valente quando eles botarem a porta abaixo e entrarem aqui com suas algemas e bastões. Jerome, não pense duas vezes, dou-lhe toda a garantia, querido, seu pai irá pacificamente, ele jamais começaria a fazer encrenca e implorar por piedade, mas de forma alguma! Agora, fofinho, se você está me pedindo para ficar de boca fechada no que diz respeito ao assunto do envelope, do fundo do âmago do meu coração, peço desculpas, Jerome – isto eu já não poderia lhe prometer, nem mesmo se a pena fosse prisão perpétua e trabalhos forçados!

FOFINHO, gatinho, pare e se pergunte – quando seu pai chegar ao fim desta carta, que virá na sequência? Porque eu espero não precisar lhe dizer que a resposta é o envelope. Então, assim como houve primeiro a tragédia da gata e depois a tragédia da mãe, temos aqui mais uma onde a questão é de destino, e não se poderia por nada nesta vida evitá-la. Filhote, Jerome querido, se você esquece o código postal eles não entregam, não é? Pois então pergunte-se, Jerrychick, quanta margem de manobra você imagina que seria dada a seu pai, será que ele poderia omitir, digamos, dois terços talvez do nome completo de um ser humano?

Não, não poderia.

Mas também será que seu pai poderia escrevê-lo de qualquer outra maneira afora aquela como ele tem escrito, veja você, por tantos e tantos anos?

Querido, esta é uma pergunta que você não precisa que seu pai lhe responda a você em palavras de uma sílaba. Porque, trocando em miúdos, em palavras de uma sílaba, gatinho, eu espero e oro para que você tenha escutado a resposta que seu pai acabou de lhe dar, porque a resposta é esqueça, ele não poderia!

Pessoa preciosa, isto é para que você já fique sabendo logo de saída que eu seu pai tentei dar a esta questão toda a consideração possível. Mas nesse meio-tempo, Jerome, a resposta é por favor, com Deus por testemunha, deixe para lá este J.D.! Porque mesmo que eles fizessem uma lei, nem mesmo se se tratasse de uma aposta eu conseguiria jamais fazê-lo! Ouviu, querido? Nem mesmo se o Serviço Secreto se incumbisse do caso e viesse aqui com todos os seus distintivos e metralhadoras, a resposta ainda assim seria N-Ã-O!

Jerrychik, seu pai, isto não é novidade para você, é um homem idoso. Porém, independentemente do que o futuro nos reserva, nada o deixaria mais exultante do que a ideia de passar até o último minuto dele acorrentado e sem direito a visitas em vez de assinar embaixo disso que você fez lá no 603 ao seu maravilhoso nome que sua mãe e seu pai lhe demos, Deus permita que a mulher esteja descansando em paz e jamais tome conhecimento deste escândalo!

Escute, moleque, você bem poderia dar uma passada na loja

Woodsworth's e comprar umas tachinhas. Querido, você poderia até comprar em vez disso tachinhas de carpete, se calhar disto ser a sua predileção privada particular. Então vá em frente e compre qualquer variedade que lhe aprouver e venha enfiar cada uma delas em mim nos ombros. Certo, se os ombros não lhe interessarem, querido, vou lhe dar uma escolha, você pode vir e escolher, em vez disso, as rótulas. Então escolha as rótulas, Jerome, se é isto que deve escolher! Creia-me, se você decidir por isto em sua mente, então é isto que decidiu em sua mente – as rótulas, portanto. Porque seu pai jamais, nem por dois segundos, o atrapalharia, ainda que você implorasse para ele lhe desamparar! Diga-me, menino, está pegando o espírito da coisa? Porque o espírito é que o espírito é esse, Jerome – em todos os departamentos eu seu pai não poderia estar mais contente e satisfeito de assinar embaixo, mas esse negócio de J.D. que você fez com seu nome, a isto seu pai enquanto estiver vivo jamais se acostumará! É nesse negócio aqui, gracinha, que seu pai traça o limite.

Peço desculpas, meu bem, mas isto de J.D. eu não posso assinar embaixo, ainda que entrassem aqui com seus distintivos e algemas e me abatessem a tiros como um cão. Porque por mim, querido, porque por seu pai, querido, o nome com que você nasceu, o nome que Deus lhe deu, você pode perguntar a qualquer um, vão lhe responder que é qual uma sinfonia de Shakespeare para os mais escrupulosos ouvidos. Prometo-lhe, filhote, você poderia ir até os confins da Terra e ainda assim não haveria maneira de melhorá-lo, mesmo que você fosse lá e rogasse de joelhos!

Ouvi-lo, apenas!

Então, está ouvindo?

Jerome David.

Jerome David.

Agora me diga, não será isto a última palavra em se tratando de nomes de seres humanos?

Mas uma coisa como J.D., Jerome, desde quando uma coisa como J.D. é sequer partícula de um nome?

Bonitinho, se você quer matar o seu pai com este negócio de J.D., então vá em frente e me mate com ele. Mas, nesse meio-tempo, não me peça para escrevê-lo no envelope. Porque se é isto que você está me pedindo, querido, que eu seja o primeiro a lhe dizer, meu bem, você está pedindo a seu pai por algo que seu pai não lhe dará!

PARE PARA PENSAR, gatinho. Prometa-me que não vai se enervar e que vai parar para pensar pela inteireza de dois segundos. Então, em primeiro lugar, responda-me à seguinte pergunta. Há ou não há uma avenida no Bronx de nome Jerome? No que tange a avenidas em geral, diga-me, gracinha, não se trata de uma que pelas eras é uma avenida que é famosa pelo mundo inteiro e também respeitada? Então, trata-se de uma pergunta simples ou trata-se de uma pergunta simples? E uma pessoa precisa ser um gênio para pensar em uma resposta simples? Filhote, por favor, creia-me, quando os pais da cidade se sentaram para escolher um nome, eles não se sentaram e disseram de si para si, "Bom, então vamos escolher um nome vagabundo para esta avenida famosa e respeitada". Certo, admito a você, talvez tenham sido os pais do bairro os que se sentaram. O princípio ainda é o mesmo! Creia-me, querido, aqui mesmo no Estado do Sol, de onde seu pai traz saudações por ocasião dos dias santos, bem na avenida Lincoln eles têm aqui, eu lhe prometo, um Florista Jerome. Na avenida Lincoln, querido. Então, não estou falando de uma avenida de primeira classe? Venha ver por si próprio, grande como a vida, uma avenida de primeira qualidade e uma localidade de esquina, Florista Jerome, tão certo como estou vivo e respirando!

Mas escute, criatura fofa, quer dizer que um pai não conhece o próprio filho? De repente vou precisar de um médium para me dizer o que passa pelos pensamentos do meu filhote? Pois, arraste-me pelas ruas porque eu seu pai calho de conhecer o pensar de meu próprio filho. Diga a eles que venham colocar seu pai a pão e água no corredor da morte só porque ele é um experto na questão do cérebro de seu filhote. Nesse meio-tempo, você ainda não conseguirá mudar a regra segunda a qual é preciso um pai para conhecer um filho. Jerome, querido, eles podem vir aqui me cortar ambos os braços. Podem vir me retalhar em pedacinhos. Mas eu enquanto seu pai estou aqui para lhe dizer, bonitinho, um pai conhece seu filho!

Adivinha o quê, querido.

Está me ouvindo, Jerome?

Porque aos pais deste mundo, é um filho o que os está angustiando! Mas não pense que não sei que preciso aprender a ficar de boca fechada. Creia-me, pequeno, eles deviam era vir degolar seu pai de orelha a orelha até o homem aprender a morder a língua. Então diga para o seu pai se ele não é capaz então de citar a exata fraseologia do pensar de seu filhote, palavra por amarga palavra. Querido, conte-me a verdade, seria um relato fiel ou não seria um relato fiel? Escute, fofinho, não me diga a resposta porque eu sei a resposta. E sabe por quê, Jerome? Porque um pai conhece o filho, Jerome! E sabe do que mais, querido? Deixe que seu pai diga o que mais, querido. Quanto mais brilhante o cérebro da criança, mais difícil agradá-la – é isto que o seu pai sabe!

Ah, mas você tem mesmo muito do que se queixar, Jerome – um pai que lhe deu para você nome tão lindo e depois teve a pachorra de redigi-lo em um envelope em vez de escrever lá uma coisa que lhe daria desgosto até de sussurrar de si para si dentro de um armário. Creia-me, seu pai jamais viu um filhote com tanto motivo para se queixar. Mas não se engane, querido, para mim também não é nenhum piquenique, este assunto, mas já que ele calha de ser o tópico do momento sobre a mesa no momento, então você me perdoe o seu pai ir adiante e mencionar algumas comparações. Tome, por exemplo, uma certa sra. Roth que vive no edifício. Então, diga-me, querido, esta sra. Roth em particular tem um parente que atende por Philip ou por P.? Ou então dê uma olhada na família Mailer, que tem uma vista tão bonita do oceano ali no 12. Pergunte-se, Jerome, por acaso esta família tem um primo em segundo grau chamado N. ou um primo em segundo grau chamado Norman? Os Malamuds do 6, um apartamento de um quarto de frente para a rua? Estamos falando, neste caso, de um Bernard, é isto que você está me dizendo, ou de um B.?

Queira Deus, querido, que você tenha se detido e dado uma boa olhada nestas perguntas que acabo de lhe fazer, e que tenha respondido a cada uma delas do mais fundo do âmago de seu coração. Mas agora voltando a seu pai, Jerome. Você compreende o que estou lhe dizendo, Jerome, que agora estamos de volta ao sangue do seu sangue? Que calha de ser também um morador deste edifício! Que calha de ser também um indivíduo forçado a viver com estas pessoas! Que calha de ser também um ser humano que precisa responder a estes animais! E qual seria, faça-me o fazer de dizer, a pergunta?

Jerome, a pergunta é, "J.D., sr. Esse – o que vem a ser, tenha a fineza de elucidar, um J.D.?".

Fofinho, preste atenção – aqui no 305 já ouviram falar de Saul, já ouviram falar de Philip, já ouviram falar de Norman, e também, igualmente, de um Bernard! Mas desde quando alguém em algum canto do 305 jamais ouviu falar de um J.D., tenha a fineza de responder? Pare para pensar, menino, e diga-me quando foi que ouviram. Porque neste edifício é esta a pergunta a que eu seu pai preciso responder para estes animais todo dia, tarde e noite! E sabe você há quantos anos? Dia sim, dia também, querido, você está ou não está contando por quantos anos?

É POR ISSO que lhe digo, Jerome, graças a Deus que há Gert Pinkowitz. É por isto que eu seu pai preciso lhe dizer graças a Deus pelo desgosto que esta mulher arranjou para si com seu próprio filho. Porque para o seu pai é uma lição ver que há gente no mundo em pior situação do que seu pai – ainda que eu não deseje coisa parecida nem ao meu pior inimigo. Porque faz 24 horas, Jerome, a mulher está no edifício há apenas 24 horas, e aquela súcia – animais, animais – já encontrou coisa melhor do que falar manhã, tarde e noite do que o que é que é, o que é que é este nome J.D.? Mas creia-me, Jerome, eu seu pai não quero mal a esta mulher. Para Gert Pinkowitz, seu pai não tem nada no coração senão corações e flores. É só que, como ser humano, eu já não podia suportar – J.D. isto e J.D. aquilo, o edifício inteiro não conseguia deixar seu pai sossegado nem por um instante, sossegado nem sequer uma vez! E além do mais, querido, embora seja esguia esta Gert Pinkowitz, a mulher, vou lhe contar, a mulher é feita de ferro.

De ferro, menino, de ferro!

Escute, Jerome, esqueça esta Gert Pinkowitz pelo tempo de dois segundos. Porque seu pai vai lhe requerer agora, queira Deus, sua completa atenção. Bonitinho, você poderia por favor se esforçar ao máximo por seu pai? Porque é tempo de eu seu pai ficar de quatro diante de você novamente e implorar-lhe por favor que você reconsidere. Está me ouvindo com respeito a este assunto, Jerome, concernente de novo à questão da reconsideração de novo?

Jerome, ouça-me, onde é que seu pai mora, em que edifício? Desde há anos e anos quando seu pai pegou e mudou-se para cá pela primeira vez, terá ele jamais residido mesmo que por um instante em condomínio diferente? Pois bem, diga-me, querido, como você chamaria este lugar então – um condomínio como qualquer outro condomínio?

Jerome, não me faça ter de recordá-lo.

Meu bem, estamos falando do Seavue Spa Oceanfront Garden Arms and Apartments! Então, você de fato precisa ser lembrado de qual é o condomínio de seu pai? Porque, há quantos anos eu venho lhe dizendo, Jerome? Mas você por acaso escuta? Outros filhos escutam, Jerome. O menino Bellow, o Saul deles, ele escuta. *Philip* escuta, *Norman* escuta – e para seu governo, *Bernard* também! Creia-me, Jerome, todos aqui, todos têm um filho em que podem contar que irão escutar – os Krantzes têm e também os Sheldons e os Friedmans e os Elkins e os Wallaces e os Segals e os Wests e os Wallants e os Nemerovs e os Halberstams! E note que eu seu pai não estou nem mencionando a família Robbins e seu Harold e os Potoks e seu Chaim! Você acha que os Wouks não têm um Herman que escuta?

A família Uris, o Leon deles *escuta*.

Você já ouviu falar dos Brodkeys, dos Adlers? Então, me diga, um não tem um menino e outro não tem uma menina que escutam?

Os Korda têm um Michael, e *ele* escuta.

Os Apples com seu Max, aqueles Michaels com seu Leonard, os Stones com seu Irving – cada um desses meninos, Jerome, é um menino que escuta!

E terei chegado aos Markfields e aos Richlers e aos Liebowitzes? A Ozick, você acha que é uma menina que não escuta? Então responda – a menina é uma Cynthia ou ela é um C.? Os Charyns, já ouviu falar dos Charyns? Então, eles também, eles também, eles também têm um filho que escuta – e, preste atenção, Jerome, o menino, o nome dele é *Jerome* e não J. nenhum, para rematar o caso!

Querido, terei sequer já começado a escavar a superfície no que diz respeito a quem é quem entre quem é quem aqui no Seavue Spa Oceanfront Garden Arms and Apartments? Mas me escute, Jerrychik, haverá um apenas, um sequer dentre estes animais que não têm como o seu pai um parente na indústria literária? E, querido, excluindo-se a exceção de seu pai e da sra. Pinkowitz, diga-me, gatinho, se este parente na família não é um menino que não leva a peito aquilo que lhe é dito e *escuta*! Porque em todo este edifício, todos eles sem exceção têm coisa que lhes escute – todos afora seu pai e Gert Pinkowitz, todos afora ela com seu Thomas e eu com meu J.D., os dois grandes gênios que nem por um minuto, nem mesmo se se fica ajoelhado diante deles, escutam! E olhe que seu pai nem começou ainda a discutir – sem mencionar os Millers e os Simons e os Ephrons e os Kosinkis! Os Paleys não têm uma Grace? Os Hellers não têm um Joseph? Pois então me diga, Jerome, os Sontags, não terão eles uma Susan? Então preste atenção, eles são ou não são crianças que escutam? – os Olsen com sua Tillie, os Blooms com seu Harold, os Golds com seu Herbert, e a família Wieseltier, não lhe fiz menção de um doce e esplêndido menino que eles têm lá com eles, um amável Leon? Mas o que mais possuem todos esses indivíduos que o seu próprio pai pessoal não possui? Porque eu vou lhe responder com uma palavra de uma só sílaba, Jerome. Porque a resposta é um filho que escuta!

JEROME, QUERIDO, seu pai está rouco de ficar sentado aqui gritando. Muito embora seu pai esteja escrevendo e não falando, Jerome, eu lhe prometo, seu pai sente que está pegando um vírus na garganta de sentar aqui e contrariando o seu melhor julgamento ficar falando groselha para você. Então você chame o Departamento de Justiça se, mil perdões, seu pai, por assim dizer, ousa gritar. Mas, gatinho, criatura querida, para se fazer ouvir junto a você, quem haveria de ir adiante e falar como um indivíduo civilizado numa voz civilizada? Querido, filhote querido, chegue-se aqui, apure bem os ouvidos, seu pai já não pode mais falar acima de um sussurro, isto é o tanto que este homem está sofrendo pelo dano que teve de infligir por sua causa à própria laringe.

Pois bem, então me diga, então quem está na cobertura aqui quando costumava ser seu pai que estava lá em cima nela? E sabe o motivo? Porque eles têm um filho que escuta! E sabe do que mais, Jerome? O nome do menino não é como de pessoa profissional, nem tampouco S. Bellow! Ah, mas longe de mim, seu pai, comentar qualquer coisa. Afinal, seu pai é apenas seu pai, Jerome. Ele é só a pessoa que precisa viver aqui com estes animais e responder a eles. Seu pai é só a pessoa que precisa encarar esses mandachuvas dia sim, dia também porque neste código de área específico ninguém se safa dizendo para o mundo todo "Faça-me o favor e vá passear". Jerrychik, docinho, é pedir demais você olhar para dentro do âmago de seu coração e tentar ver o que está acontecendo aqui embaixo do lado do ponto de vista de seu pai? Estou pedindo para você me dizer, docinho, seu pai não vive no Seavue Spa Oceanfront Garden Arms and Apartments ou ele vive na floresta numa caverna? E no que diz respeito a este condomínio em particular, Jerome, do que é que ele está cheio, de um piso a outro? Estamos falando de pessoa comuns que têm filhos de capa e terno, ou estamos falando de mandachuvas, animais, imbecis, *shtarkers* – nominalmente, indivíduos cujos filhos estão metidos com livros? A coisa toda, Jerome – a nata da indústria literária, todas as suas famílias estão bem aqui residindo bem aqui neste exato edifício, Jerome, e quero recordá-lo que sou eu seu pai e não você o brilhante gênio ermitão que é o ser humano que precisa viver com eles! Então, você nunca parou para pensar, "Pelo bem do meu pai, considerando-se o fato de que é uma pessoa de idade e anos avançados, eu, Jerome David, seu filho pelo qual ele abdicaria da própria vida, vou me perguntar como será viver em um lugar onde todos têm alguém que calha de ser ativo na, sabe, na indústria literária?". Querido, seu pai vai lhe juntar lé com cré e responder com uma só palavra. Então, quer ouvir que uma só palavra é esta? Porque é c-o-m-p-a-r-a-ç-õ-e-s. Comparações, Jerome! Já ouviu falar de *comparações*, Jerome? Querido, já ouviu falar de como é quando você vive com animais que como imbecis e como *shtarkers* não têm coisa melhor para fazer o dia inteiro além de f-a-z-e-r comparações até o seu pai querer sentar e vomitar por conta delas? Então, não será você um gênio por conta própria, precisa mesmo que eu faça um diagrama quando se trata de seres humanos fazendo comparações? Você precisa que eu lhe desenhe que Saul isto e Saul aquilo, Phillie isto e Phillie aquilo, sem falar de Leon, Leon, Leon, até sair pelas duas orelhas do seu pai e o homem não poder aguentar mais? Porque mesmo que você vivesse até os mil anos, Jerome, ainda assim você não veria trégua! E nesse meio-tempo, seu pai consegue manifestar uma palavra sequer? Será que o homem jamais – jamais! – ouviu uma vez sequer Jerome isto e Jerome aquilo como costumava ouvir nos velhos tempos quando você sabe quem morava lá em cima feito um mandachuva ele mesmo lá na cobertura? Mas Deus proíba que os fatos da vida sejam trazidos à sua atenção, meu bem. Deus proíba que o queridinho do pai tenha de ouvir um pio sequer concernente à trágica situação com que o sangue do seu sangue precisa conviver aqui. Então meta-me um arpão e que ele se quebre entre minhas costelas só porque seu pai tem a audácia de lhe implorar sua atenção quando o tópico sobre a mesa não é outro senão os fatos da vida. Menino, sabe o que quer dizer quando se diz os fatos da vida? Significa que alguém precisa viver com eles! Então, pelo bem da discussão, querido, cá entre nós, no que diz respeito a conviver com eles qual de nós dois foi escolhido? Fofinho, seria capaz de adivinhar?

Ouça, no 603, não nos enganemos, talvez não seja nada de mais um indivíduo sair passeando por aí só de iniciais. Mesmo três iniciais, talvez aí no seu código de área eles ainda assim não o olhassem torto se tal fosse sua preferência. Mas no 305, Jerome, seu pai espera não precisar lhe falar, quando descobrem que temos um filho que se refere a si próprio como J.D., não há como viver o suficiente, jamais se deixa de ouvir a respeito, esses bárbaros tornam sua vida um verdadeiro inferno! Enquanto isso, quem está reclamando? Por outro lado, creia-me, seu pai seria o primeiro a dizer eu tenho muita coisa por que ser grato. Porque quando você tomar ciência do que Gert Pinkowitz precisa passar como mãe com o brilhante filho ermitão dela, você vai notar que seu pai está é contente e feliz de poder sentar e contar cada uma de suas bênçãos.

    Mas então você me promete, menino, que vai tirar um tempo e reconsiderar? Porque isso é tudo que seu pai lhe pede, dois segundos completos de reconsideração sentida. Querido, estou agachado diante de você de joelhos lhe pedindo. Deus proíba que por toda minha vida eu precise voltar a você e pedir qualquer coisa a você. Por favor, querido, se você me ouvir até mesmo pensando em pedir, você saia correndo e pegue aqueles pinos do trilho do trem e com o auxílio de uns dois estivadores você os martele nas rótulas de seu pai. Mas, nesse meio-tempo, só por dois segundos, Jerome, eu estou lhe implorando para sentar consigo mesmo – e como uma pessoa civilizada você conferenciar com o âmago do seu coração e dizer de si para si isto que se segue - "Pelo bem do meu pai, que por mim permitiria que viessem martelar em suas rótulas até mesmo pinos enferrujados de trilhos de trem, eu, Jerome David, vou repensar esta questão por todos os ângulos e todos os sentidos e mudar a minha despeitada conduta".

    Filhote fofinho, isto que seu pai está lhe pedindo, você pode perguntar a qualquer um e lhe dirão que não é demais para um pai pedir. Veja, menino, deixe-se guiar por seu melhor juízo – e então, não importa o que você venha a decidir na sua mente, lembre-se apenas de que seu pai sabe como você é um menino doce e maravilhoso e tem a maior confiança no fato de que no devido tempo você voltará a si e agirá de acordo com sua idade! E se seu pai enunciar uma vez sequer uma palavra a mais a ver com este departamento específico, que eu herde o Hotel Waldorf-Astoria todo e caia morto em todos os quartos.

POR SINAL, meu bem, você jamais adivinharia o que a dona Roth me disse semana passada. Porque quando ela me disse, logo logo seu pai disse de si para si, "Mal posso esperar para dizer ao filhote o que esta mulher está me dizendo, queira Deus meu benzinho há de acompanhar o raciocínio de seu pai e perceber que nunca se sabe de onde virá a sabedoria e a inteligência e, sabe, orientação". Então eis aqui a citação, Jerrychik. Você escute com atenção e me diga qual é sua opinião pessoal como ser humano com relação a esta citação. Porque esta mulher diz ao seu pai, ela diz, "sr. Esse, diga-me, já parou para pensar que quando ele se levantou e teve de fazer juramento em cima de uma pilha de Bíblias, o que disseram a ele foi, 'Você,

Dwight David Eisenhower', e por aí vai? Porque, preste só atenção, sr. Esse, eles não disseram para este homem nenhum D.D.". Querido, não há como argumentar com o que esta mulher disse. Acredite-me, eu próprio enquanto seu pai fiquei lá parado e disse de mim para mim, "Sabe, Sol, esta mulher está dizendo a verdade sem verniz – está bem aí em preto e branco nos livros de história". Acredite-me, Jerome, isto é sabedoria! O que você acaba de ouvir dela, isto que você acaba de ouvir com seus próprios ouvidos, é inteligência, orientação e sabedoria! Então, não importa a fonte, eu como seu pai estou dizendo que você precisa dar-lhe os parabéns. Jerome, quando se escuta brilhantismo deste tipo, é um presente, não se engane. E sabe do que mais, Jerome? Você não olha um cavalo dado desses nos dentes! Mas se você não suportou ouvir isto, Jerome, se até mesmo a história não é boa o suficiente para você, então peça a eles que venham aqui e tirem os sapatos do seu pai e façam com que o homem pule para cima e para baixo no vidro quebrado. Certo, concedo-lhe, você ainda não decidiu na sua própria mente se quer fazer com que eles lhe façam prestar juramento para presidente dos Estados Unidos. Isto o seu pai lhe concede, isto o seu pai reconhece. Mas o princípio ainda é o mesmo, Jerome! Você me ouviu? Estou com esse vírus na minha voz, mas lhe garanto, o princípio ainda é o mesmo!

    Fofinho, docinho, faça a todos o favor de retornar ao lindo nome que Deus no céu lhe deu e você não vai precisar esperar muito tempo para o mundo se tornar sua ostra novamente. Esta é minha jura solene para você, Jerome. Livre-se deste negócio de J.D. e seu pai lhe promete, antes que você se dê conta, vai se sentir como uma pessoa nova em folha. E não pense que as pessoas não tomariam nota em dois segundos! Espere só até ouvi-las cantar louvores a você bem como costumavam fazer, a gangue toda da indústria literária, que dirá famílias e parentelas. Acredite-me, querido, estarão todos falando de si para si, "Deus abençoe aquele Jerome David, ele é um menino ótimo, aquele menino, veja só como ele cortou um dobrado para fazer o pai feliz!".

    Preste atenção, menino, eles definitivamente também não são uns tontos, estes meninos que foram com você para a indústria literária também. E mesmo que entre eles não faltem uns a quem seu pai olha e se sente obrigado a dizer para si mesmo, "Este aqui, falando verdade eu não vejo o que veem nele", mesmo o pior dentre eles seu pai pode dizer eles ainda assim têm uma cabeça sobre os ombros e estão é muito dispostos a tirar seus chapéus a uma pessoa que reconhece o erro de sua conduta quando se trata dos desejos de um pai. Então, está me ouvindo, tesouro? Vão ouvir o que você fez e até mesmo o menino Bellow vai tirar o chapéu para você e vagar o lugar e dizer-lhe para voltar ao topo novamente. Jerome, querido, tudo o que é preciso é que você mostre a eles que se decidiu a ser um indivíduo sério com um nome sério que faz sentido para pessoas sérias e civilizadas!

Seu pai está lhe falando sem favoritismo, Jerome. Seu pai está lhe falando da mesma maneira que um Salomão lhe falaria se o homem estivesse vivo para contar a história ele próprio! Seu pai não tem favoritos, Jerome. Creia-me, seu pai não é homem de virar e dar nem um isto de crédito que você, enquanto pessoa, não mereça. Então quando seu pai lhe diz que tudo que precisa fazer é voltar a ser Jerome David novamente, seu pai está lhe fornecendo sua avaliação mais honesta. Querido, por favor, me dê algum crédito por minha honestidade! Seu pai não fornece a qualquer outro indivíduo minha avaliação honesta até que como testemunha imparcial eu tenha pesado cada um dos comos e porquês. Phillie, Saul, Bernie e todos os outros, eles vão ouvir o que você fez e vão se apressar em descer e sair de seu caminho! Está me ouvindo, Jerome? Porque eu estou levando em consideração não apenas estes jovens exclusivamente, mas também para seu governo as outras pessoas importantes deste edifício, as quais, se você der uma olhada lá no 16 logo abaixo da cobertura, estamos falando aí da família Robbins e da família Krantz e dos Sheldons! Mas, nesse meio-termo, pergunte-se, querido, no caso supramencionado, trata-se de um S. ou será Sidney? É J. ou será Judith? E Harold, pode perguntar a qualquer um, é Harold!

Então você entende o que seu pai está lhe dizendo, menino? Agora seja um bom menino e não faça eu me repetir. Amanhã de manhã, bem cedo, é a estaca zero, certo? Creia-me, seu pai já pode até ouvi-los, tamanho é o grito de alegria em meu coração – "Digam alô, todo mundo, ao novo e lindo fofinho do Solly, Jerome David, uma pessoa absolutamente reformada!". E outra coisa, querido – não se engane, o rei da Suécia também não é nenhum tonto. Você pergunte a qualquer um, Jerrychik, eles vão lhe responder com a maior alegria e contentamento que o rei da Suécia não acaba de pegar o bonde andando em se tratando de inteligência. Vá adiante, pergunte, e vão lhe dizer que o homem está lá sentado prestando bastante atenção a quem escreve seu nome em seu livro como se houvesse nele algo de que se orgulhar e não de que ter vergonha, e que assina um nome como se o negócio todo do início ao fim fosse apenas uma provocação e uma promessa e não um esforço sério! Acredite-me, o rei da Suécia chega e vê um negócio como este negócio só de J.D., você acha que o homem não tem a inteligência e o discernimento de sentar lá e chegar às suas próprias conclusões? Fofinho, você poderia me cortar a língua fora por lhe dizer isso, mas seu pai não precisou fazer as malas e ir para faculdade nenhuma para saber que o rei da Suécia tem olhos na cabeça, que o homem definitivamente sabe somar dois mais dois. Certo, então o homem vê lá onde diz que você não teve coragem de escrever seu nome completo, só não fique surpreso, Jerome, quando o homem e seus conselheiros disserem todos de si para si, "Este aqui, ele não engana rei nenhum da Suécia coisa nenhuma!". Mas não olhe para mim, Jerome, não olhe para mim. Porque eu lhe prometo, o rei da Suécia pode ver por si só. Então, eu disse ou não disse que não é seu pai quem inventa as regras!

MEU BEM, aqueles enredos que lhe enviei da última vez, algum deles funcionou para você ou seu pai estava apenas desperdiçando latim? Daí que se na sua opinião nada lhe pareceu bom, não se preocupe, Jerome, eu já tenho mais umas dúzias de novos só de manter os meus olhos e ouvidos bem abertos para estes animais aqui na sala de carteado. Escute, só no meu jogo comum das quartas-feiras há Charlie Heller, há Mort Segal e há Artie Elkin, e juntando nós quatro, acredite, poderíamos preencher uma biblioteca inteira de cima a baixo! Por sinal, querido, quero que você adivinhe o que Mortie disse a seu pai faz poucos dias, uns poucos dias só. Porque, com Deus por juiz, Jerome, o homem me disse, "Sol, faça um favor ao menino e diga a ele para se livrar daquilo. O meu Eric, por exemplo, ele acrescentou, ele não tirou fora. Daí que o menino quer um pequeno floreio, ele acrescenta uma letra e fica com Erich, ao passo que nesse meio-tempo ele não deixa três letras perfeitamente boas se estragarem". Então escute, então, sabe o que mais me diz o Mortie? Ele diz, "Vá dizer a seu menino que ele poderia acrescentar alguma coisa talvez, como um pequeno negócio de adereço, talvez, em cima de um E, enquanto que David ele podia transformar em Davidorf – a escolha é dele. Mas o princípio é você acrescentar, Sol, *acrescentar*, não tirar fora".

Filhote, para falar a verdade, seu pai em sua própria mente nunca pensou nisso antes. Então, pelo sim, pelo não, menino, eu seu pai estou lhe repassando uma mera possibilidade, você não precisa se dar pressa e tomar uma decisão. Mas segundo a maneira de pensar do seu pai, o nome Jerome com um pequeno adereço em cima definitivamente não é a pior ideia do mundo. Então, quem sabe o rei da Suécia não achasse até divertido. Porque na minha opinião, meu bem, o homem deve ter olhado o nome Saul e dito de si para si, "Eis aí um nome que me parece um pouco duvidoso, um pouco insípido até para mim, não faria mal uma emendazinha aqui e acolá. No entanto, nesse meio-tempo, pelo menos eu não preciso ir lá e aturar um S. Nesse meio-tempo dá para ver que este indivíduo Saul pelo menos tem boas intenções".

Querido, a consequência disto eu não preciso lhe lembrar.
Uma medalha!
Milhares e milhares de dólares e uma medalha!
Seja esperto, Jerome. Escute o que diz Mort Segal. Você acrescenta, você não tira fora. Acredite em mim, talvez o homem não tenha nada além de um Erich, mas não pense que por isso ele não sabe do que está falando. O que me lembra, docinho – antes de chegar ao assunto de seu pai e da nova excitação na vida dele, acaba de neste instante me acorrer que, veja você, mais um ano se passou e o que é que se passa entre você e o Merv Griffin? Fofinho, seu pai já lhe disse uma vez, seu pai já lhe disse um milhão de vezes, nada de negócios e nada de fotografias já é ruim o suficiente – mas você definitivamente tem que entender que não dá para se safar sem aparecer no programa do Merv Griffin!

Sabe o que você é, Jerome?
Porque a resposta é você é seu próprio pior inimigo!
Está certo, nada de fotografias é um fato da vida com que seu pai está aprendendo a conviver. Então esqueça as fotografias! Não quer posar para fotografia, então não pose para fotografia! Talvez um gênio não precise como uma pessoa normal de posar para fotografias. Ainda propriamente ontem seu pai diz para o Murray Mailer, eu vou e digo, 'Murray, acredite em mim, quando se é um gênio por conta própria, então se sabe que não é preciso fazer cerimônia com fotografia". Eu digo para o sujeito, "Escute, Murray, eu mesmo não estou questionando se seu Norman é ou não é um gênio. Só estou dizendo que, se se é um, então se sabe o que se sabe, e a primeira coisa é que dá para viver sem fotografia".

Jerome, eu nem começaria a lhe dizer o que este homem ficou lá de pé a me dizer. Mas no Seavue, eles nos dão a menor consideração que seja? Animais, animais – toda aquela súcia esnobe e importantona – esses indivíduos são todos sem exceção animais incivilizados! Daí que, de todo modo, Jerome, está me ouvindo, Jerome? Jerome, o homem fica lá parado e me diz, "Sol, este camarada Einstein, com o cabelão e o suéter e os olhos esbugalhados? O homem não era um gênio? Então me diga, Sol, então como é que você sabe de quem estou falando, do Einstein? Você o conheceu? Você sentou para fazer uma refeição com o homem e repartiu com ele o pão? Você viu uma fotografia, Sol – onde quer que tenha olhado, você viu uma fotografia! Mas me perdoe, amigo, eu me esqueci – seu filho lá das iniciais, aquele lá é um gênio maior que Einstein!".

Então, queira Deus que Murray Mailer viva e tenha saúde, Jerome, mas da parte dele, eu lhe garanto, seu pai não precisa de lições de história. Nesse meio-tempo, ainda assim eu lhe digo que não se pode descartar o homem por completo. Acredite em mim, querido, neste mundo, não importa a fonte, quando uma pessoa lhe diz algo que você nunca ouviu antes, então você precisa sentar e pensar e dar crédito a essa pessoa. Então, é verdade, querido, isto do Einstein, é a verdade – e na minha própria mente você sabe do que mais? Eu nunca tinha parado para pensar naquilo antes! Mas escute, eu tenho lá vergonha de admitir isto? Muito bem, daí que Einstein foi um grande gênio – mas até mesmo ele, o maior dos gênios, ele tirava uma foto ali, uma foto acolá, ele não fazia cerimônia! Mas acredite em mim, filhote, eu enquanto seu pai não estou comparando Murray Mailer a você. Eu nem mesmo o compararia nem mesmo com um Einstein! Mas encaremos a verdade, querido – este indivíduo sabe do que está falando?

Meu bem, eu quero lhe falar como seu próprio pai, ser humano que não tem favoritos. Jerome, sabe do que mais? Você tem é um rostinho de anjo! Você me ouviu, Jerome? De anjo! Mas se para você uma fotografia é provação tão dura, então seu pai diz esqueça, querido, você não precisa se esfalfar em prol de Murray Mailer nenhum, nem de nenhum Einstein, sem falar nos milhões e milhões de fãs que ficariam de joelhos para lhe agradecer uma única exceção se você apenas tivesse a bondade no âmago de seu coração de deixar-lhes pegar uma Kodak e fazer uma exceção.

EU JURO POR DEUS, JEROME, estou lavando as mãos quanto a esse assunto todo. Não quer fotografia? Então não tire fotografia! Por um lado, nada de fotografia, e por outro um nome como J.D. quando não é nem um nome que faça sentido a qualquer um aqui, são estas as coisas que estão matando seu pai, são estas as coisas que estão matando o homem, mas ele nunca lhe disse que não poderia aprender a conviver com elas. Quanto à questão de nada de Merv Griffin,

Jerome, isto, para seu governo, isto, agora isto, Jerrychik, isto é uma questão completamente diferente!

Jerome, querido, responda-me a isto. Preciso lhe dizer o que se passa aqui quando são quatro horas de uma tarde no Seavue Spa Oceanfront Garden Arms and Apartments? Responda-me, Jerome, já não lhe disse vezes o bastante o que se passa aqui no horário supramencionado? Jerome, são quatro horas aqui, e para onde todo o mundo aqui do edifício está correndo de repente? Da sala de carteado e da piscina e de todos os lugares que se pode ver, para onde que estão todos esses esnobes e esses mandachuvas e os *shtarkers* e os imbecis com tanta pressa de chegar?

Porque a resposta, Jerome, é para a televisão, Jerome, para, com sua licença, para o Merv Griffin!

Se não acredita em mim, você pode verificar por si só se não quiser se fiar na própria palavra de seu pai, querido – quatro da tarde, onde estão! Porque eles estão correndo para ver qual a família sortuda que está com filho no programa do Merv hoje e quem são os idiotas que não estão! Mas então pare para pensar, Jerome – terei eu, seu pai, tido este prazer sequer uma vez? Mas longe de mim enunciar-lhe uma só palavra no tocante à paz de espírito e felicidade de seu próprio pai. Creia-me, Jerome, seu pai, sobre todas as coisas, não é indivíduo que peça por si! Mas pense, então, Jerome, *pense* – se não por mim, então por quem, querido, por quem é que seu pai está pedindo? Querido, por gentileza, faça-me um favor – entre em conferência com o âmago de seu coração e pergunte a si mesmo como ousa fazer a seu pai uma tal pergunta quando você já sabe a resposta! Prometo-lhe, menino, quando você sabe, você sabe, não precisa que seu pai sente com você e lhe desenhe um diagrama. É como a mulher que escuta o telefone e vai atender. Já contei esta, Jerome? Essa mulher, Jerome, ela vai atender e diz, "Alô?". Que nem qualquer pessoa civilizada, Jerome, a mulher vai e diz no telefone, "Então, alô?". Daí tem esse homem do outro lado da linha, Jerome, e quero que você ouça o que este homem diz a essa mulher – porque, com Deus por meu juiz, o homem vai lá e diz, "Sei como você se chama e sei onde você mora e sei que você mal pode esperar para eu passar aí e arrancar cada peça de roupa que você está vestindo e jogar você no chão e fazer com você todas as imundícies que eu puder imaginar".

Ouviu o homem, Jerome?

Ouviu o que esse homem disse a essa mulher?

Mas agora quero que ouça como essa mulher responde. Porque

é isso que essa mulher diz ao homem, querido – ela diz, "Então você sabe isso tudo só do meu 'alô'?". Jerome, você ouviu cada palavra do que essa mulher disse àquele homem? Ela disse, "Então você sabe isso tudo só do meu 'alô'?". Então me faça um favor, Jerome, e não fique aí sentado a fazer qualquer tipo de pergunta a seu pai quando a resposta é algo que você já na sua própria mente sabe!

MEU BEM, vou dar-lhe algumas citações que lhe serão de interesse – palavra por palavra ipsis verbis. Gus Krantz: "Então, sr. Esse, está me dizendo que seu pequeno é *sen*sível demais para o Merv Griffin, mas tanto que nem para ir lá e fazer um pouco de conversa inte*li*gente? Tsc, tsc, sr. Esse, todos *compre*endemos, a*cre*dite em mim. Quando uma criança é *sen*sível demais, para quem que isto sempre configura uma *tra*gédia? Acredite em mim, sr. Esse, eu me compadeço do senhor, porque para um pai isto é *realmente* uma tragédia. Uma mãe talvez pudesse viver com isso, mas um *pai*?" Burt Bellow: "Com meus próprios olhos reparei, sr. Esse, talvez J.D. represente uma menina e ela queira manter isto em segredo? Escute, diga para a sua filha falar com o Merv, ele vai pensar numa abordagem. Nesse meio-tempo, Deus a proteja, pergunte se ela ouviu do meu Saul, uma medalha e milhares e milhares de dólares." Ok, fofinho, não se enerve. Então, há citações piores do que estas que lhe repassei. Mas seu pai sequer dá ouvidos a estes animais? Eu lhe prometo, o que quer que seja, entra por um ouvido e sai pelo outro. Por favor, por favor, sim? Diga-me por que eu seu pai deveria ligar a mínima a essa gente com seus Merv Griffins e seus Merv Griffins! Mas nesse meio tempo é o princípio da coisa que para mim enquanto seu pai é interessante. E, Jerome, caso você não tenha já entendido por si só, o princípio da coisa é que ou é o Merv Griffin, gatinho, ou pode ir em frente e esquecer!

    Certo, por anos in memoriam eu enquanto seu pai tentei escudá-lo com meu próprio corpo. Certo, o que seu pai já teve de passar por sua causa nem um milhão de pais em um milhão de anos poderia passar! E concedo também que, ainda assim, isto não é nem metade do que a própria Gert Pinkowitz tem de passar com seu esnobe e importantão Thomas. Mas, Jerrychik, querido, seja um bom rapaz e faça uma única pequeníssima exceção uma vez só na vida! Porque, convenhamos, que superprodução seria essa? Você vai, pega o telefone e telefona para o homem e diz ao Merv, você vai e diz que repensou na sua própria mente e está preparado para fazer uma aparição!

    Menino, o seu pai começaria sequer a começar a pedir se ele

enxergasse outra alternativa, por menor que fosse? Certo, certo – então mande-os vir me amarrar e ligar a eletricidade porque seu pai está lhe pedindo um favor em seu próprio benefício pessoal! Filhote, docinho, eles podem ir adiante e descarregar em mim todos os volts de que dispõem, ainda assim seu pai não hesitaria em lhe dizer que tudo que é preciso é um pouco de inteligência, mesmo quando a pessoa é um gênio. Mas isto significa que até o dia da morte dele você não poderá contar com o voto de seu pai? Jerrychik, meu bem, seu pai vai lhe acompanhar até o fim da linha, até seu último respiro, independentemente de sua decisão. Porém, nesse meio-tempo, pergunte a si mesmo, será justo você que é o filho nunca fazer nenhuma concessão ao pai – especialmente quando ele é mais velho que você e abdicaria da própria vida por você caso você o exigisse? Então me responda, por seu próprio pai, você não seria capaz de sentar com Merv por dois segundos apenas, Jerome, e conversar um pouco de maneira civilizada? Bing, bang e acabou, você já pode ir em frente e se levantar e voltar ao seu 603 e nesse meio-tempo seu pai na mente dele já poderia ir para a cova em paz e quietude e contentamento! Porque eu quero lhe fazer uma pergunta, Jerome. Então me diga, Jerome, então como é que você propõe que seu pai deva responder àqueles gângsteres entra ano, sai ano, quando eles descem até a sala de carteado no dia seguinte e me dizem, "Tsc, tsc, sr. Esse, assistimos e assistimos, mas não vimos nenhum J.D. lá papeando feito mensch com Merv Griffin"?

QUER OUTRA CITAÇÃO, Jerome? Certo, certo, tentei protegê-lo com meu próprio corpo, querido, mas você quer uma outra citação vinda daqui debaixo? Certo, eis uma de Babe Friedman: "Diga-me a verdade, Solly, foi uma plástica malfeita no nariz e a menina não poderia jamais mostrar seu rosto em público novamente? Escute, meu Bruce Jay é bem íntimo de alguns doutores muito, muito importantes. Quer que eu dê uma ligada para ele e veja o que poderia ser feito talvez pela menina uma vez que você fique conhecendo as pessoas certas?"

Jerrychik, é com isto que seu pai precisa conviver – com citações assim manhã, tarde e noite! Ao passo que uma palavra sua mudaria o placar completamente. Preste atenção, Jerome – você vai telefonar e você vai dizer, "Merv, olhe, não tenho o dia inteiro – a resposta é sim, então me mande uma passagem, quando você me quer?". Então, Jerome, mande eles me matarem e me enterrarem vivo sob rochedos, Jerome, mas primeiro você faça esta ninharia pelo seu pai! Porque estou aqui para lhe dizer, menino, talvez Gert Pinkowitz seja feita de ferro, mas no que toca a seu velho aqui, ele definitivamente não é! Ah, mas que o monte Evereste caia em cima de mim por fazer um comentário, mas quando eles montaram seu pai, tesouro, eles foram e cometeram um equívoco, sabe, usaram carne e sangue e não ferro! Então, está me ouvindo, Jerome? Porque eu não conseguiria suportar por todos os dias de semana da minha vida, nada de Merv Griffin e nesse meio-tempo seu pai segue assistindo e segue esperando, queira Deus que seu filhote ponha ordem nas ideias e veja a luz algum dia!

Ouça, quer que eu lhe cite Babe Friedman novamente? Porque o que este homem disse esta manhã mesmo, você não iria acreditar a não ser que ouvisse por si só – daí quero que você escute, Jerome, porque, acredite em mim, você seria o primeiro indivíduo a apreciar. Então, está ouvindo? Porque o homem me disse, "Sol, quanto à sua J.D., eu a perdi, será que a perdi? Quatro e meia, vinte para as cinco, ela estava lá no Merv com ele ou não estava? Porque talvez eu tenha saído da sala em um momento inoportuno de partida quando tive que ir resolver uma coisinha no banheiro. Então, ela foi ou não foi? Apesar do nariz, a menina aproveitou a oportunidade? Então, me diga, Sol, qual será o terrível veredicto no caso de sua filha?".

Gatinho, o que vai lhe custar pegar o telefone e dizer ao Merv que vai fazer-lhe uma exceção? Então, sim ou não? Querido, como seu pai, tenho ou não direito a uma resposta civilizada? Certo, por dois segundos, basta com isso de privacidade, Jerome! Não o mataria! Não é a prisão de Sing Sing! É só o programa do Merv Griffin!

Jerome, preciso voltar a sussurrar, estou quase morto de vírus por conta de toda essa gritaria. Querido, preste atenção em mim, estamos falando de um programa inofensivo para toda a família americana. Então, ouviu? Por favor, você vai se sentar com o homem, vai dizer olá e adeus ao homem e dar uma olhada para o meu rosto lá no homem – e então, feito mensch, você vai se levantar e ir embora com os próprios pés, e eu lhe prometo, doçura, você vai me agradecer pelo resto de seus dias, assim como todos os seus fãs de costa a costa em todas as direções. Mas não se preocupe, você não precisa dar uma resposta a seu pai nesse exato instante. Se precisa repensar isto em sua mente, querido, então vá em frente e repense isto em sua mente. Então, quando chegar a manhã, sua decisão vai ser sua decisão, e você vai telefonar para o Merv e depois como faria um homem adulto instruir o sujeito de maneira conforme.

Sabe do quê, Jerome? Hoje à noite, depois que eu terminar esta carta para o meu filhinho, hoje quando seu pai finalmente descansar a cabeça dele sobre o travesseiro e rezar suas preces, eu vou agradecer a Deus que por conta desta simples questão do Merv Griffin eu e meu filhinho tivemos um encontro de mentes e o assunto já está de cabo a rabo completamente resolvido. E eu lhe prometo, bonitinho, eu nem mesmo insinuaria nada ao Burt Bellow e ao resto antes da hora. A gangue toda tem mais é que estar assistindo sem estar de prontidão quando adivinhe só quem aparece e o Merv diz, "Senhoras e senhores, tenho cá para vocês a nata de toda a indústria literária dos Estados Unidos!".

Jerome, vou lhe dizer uma coisa que cá entre você e seu pai será nosso segredinho. Burt e o resto, quem desejaria mal a esses animais? Mas quando certa pessoa aparecer e se sentar para conversar com Merv, cada pilantra neste edifício vai cair morto! De um andar ao outro, cada um deles, até mesmo os Fuchses e os Fruchters, cada um daqueles mandachuvas vai agarrar seus kishkes e cair para trás. E sabe do que mais, Jerome? Jerome, querido, seu pai não os culparia nem por um minuto! Por todo este edifício eles vão ter que se apressar para ir lá chamar o coveiro!

ENTÃO, OS ENREDOS, Jerome, diga-me, viu algum potencial ali? Porque já que você vai lá no programa do Merv, não machucaria perguntar ao homem o que ele pensa deste enredo aqui comparado àquele outro. Acredite em mim, Jerome, o homem sabe de coisas! O homem não acaba de pegar o bonde andando, querido. Preste atenção ao seu pai – faça a Merv uma pergunta inteligente e o homem ficara é feliz e contente de lhe conceder o benefício de sua sabedoria. Jerome, o homem conhece a indústria, Jerome! Está me ouvindo? Acredite em mim, o homem não chegou até onde está hoje em dia dando ao povo maus conselhos. Ouça, Jerrychik, abra o âmago de seu coração para o Merv e eu lhe prometo, você não vai se arrepender. Porque, enquanto profissional, o homem fala com conhecimento de causa. Além do mais, quando é que perguntar jamais ofendeu? Então você mostre a Merv os enredos que lhe enviei e você se sente depois com ele e escute o que ele diz e você extraia dele o benefício de sua sabedoria e experiência. E nesse meio-tempo, seja quais forem os enredos acerca dos quais ele lhe diga, "Jerome David, são estes os que eu, Merv Griffin, falando-lhe como profissional, quero que você deite fora", não esqueça de se certificar de enviá-los de volta a mim aqui no 305 de modo que seu pai possa exibir a si próprio sob o melhor ângulo e ser um bom sujeito e presenteá-los a Gert Pinkowitz. Porque, quem sabe, querido, talvez Deus faça um milagre e a mulher talvez consiga chegar a algum lugar com algum deles no tocante ao próprio filho, com o como é que se chama?, com o Thomas dela.

    Meu bem, seu pai não contou ainda qual é a história nesse departamento, não é? Creia-me, sei que você já tem preocupações demais como pessoa de seu próprio foro. Hey, só isso de se aprontar para voltar a seu antigo nome e ir no programa do Merv, entendo que isso tudo já seja um bocado para qualquer ser humano nos tempos que correm. Mas, nesse meio-tempo, Jerome, quando surge alguém que está sofrendo ainda mais que você, então é seu dever, que Deus me ouça, é seu dever sentar-se com essa pessoa e escutar sua história – porque eu vou lhe dizer um negócio, amorzinho, nunca se sabe o que se pode aprender com as privações e tribulações de outros indivíduos, independentemente de quem quer que seja! Como o peleiro que telefona para seu agente de viagens e lhe diz, "Escute, não aguento mais o de costume, me arranje alguma coisa que os Jones não conseguiriam jamais superar nem se isso os matasse", e o agente de viagens diz ao homem, "Bom, o que me diz de umas semanas numa embarcação de escravos?". Então o homem diz ao agente de viagens, ele diz, "Uma embarcação de escravos? O que é uma embarcação de escravos?". Jerome, ouça, é assim que o agente de viagens responde – ele diz ao homem, "Uma embarcação de escravos, uma galé – nunca ouviu falar de uma galé?". "Claro que já ouvi falar de galés. Da próxima vez que você for falar de galés, então diga galés! Mas me diga, é isto que as pessoas estão escolhendo esta estação, cruzeiros em galés? Então se apresse e me reserve uma galé!". Daí logo depois, Jerome, é hora de embarcar, e o homem e sua esposa, eles descem lá, e embarcam, e é tudo absolutamente lindo. Querido, seu pai está aqui para lhe dizer, que lindo navio era este em que este homem Goldbaum e sua esposa embarcaram! Nunca se viu serviço como aquele. De todos os jeitos, eles não podiam servi-lo rápido o suficiente! Então Goldbaum e sua esposa estão lá na cabine deles e tudo é tão lindo que eles mal podem acreditar – quando nesse meio-tempo vem essa batida horrível na porta. E quem é, Jerome? Porque estou aqui para lhe dizer, Jerome, é um indivíduo que tem para lá de dois metros de altura talvez e que diz para o homem, "Você é Goldbaum?". Então Goldbaum olha para ele, dois metros e pouco, completamente nu, uns músculos, Jerome, que músculos, Jerome – então o homem olha e pisca e diz, "Sim, eu sou Goldbaum". Bom, querido, este imenso homem nu diz a Goldbaum, "Se você é Goldbaum, então diz aqui que é sua vez de remar". Ouviu isso, Jerome, remar? E o sujeito está olhando para a lista que trouxe e diz, "Nathan Goldbaum, certo?". Então Goldbaum diz para o homem, "Remar?".

Jerome, é nesta altura que o grande homem nu agarra Goldbaum e o puxa para o corredor e diz ao Goldbaum, "Você me ouviu, remar!". Jerome, você acreditaria nisso? Em todos os seus dias de nascido, acreditaria nisto que está acontecendo aqui com seus próprios ouvidos? Porque eles levam Goldbaum lá para os fundos do navio e arrancam as roupas que ele está vestindo e depois colocam umas correntes nas suas pernas e fazem ele se sentar e junto a todos os outros homens que são os passageiros que estão viajando no navio, o homem precisa remar com esse remo imenso até que o navio se encontre bem longe, bem longe do 212! Mas isto não é nada. Jerome, isto não é nada! Porque, nesse meio-tempo, há todo tipo de camarada grandalhão andando por aí e eles estão dando em Goldbaum e no resto umas lambadas com chicotes que são inacreditáveis! *Chicotes*, Jerome! Bom, eu não preciso dizer, demora talvez duas, três semanas até que eles consigam remar para longe do 212 – e durante todo esse tempo, querido, Goldbaum não tomou um gole d'água sequer? Esqueça a água! Nem mesmo um pedaço de fruta, Jerome! Sovas de chicote, foi isso que Goldbaum e o resto ganharam! Enquanto isso, certo, eles conseguem remar o navio para longe da área de código e o camarada grandalhão chega e tira as correntes de Goldbaum e ele precisa levantar o homem fisicamente e carregá-lo, tal é a condição em que se encontra Goldbaum! Mas escute, querido, mesmo nesta condição, feito morto, quero que você pergunte a si mesmo no que Goldbaum estará pensando consigo mesmo quando o grandalhão o está carregando de volta à cabine como um homem morto. Jerome, querido, quer que eu lhe responda? Porque o homem está *esfaimado*, Jerome, o homem está morrendo de *sede*! E *sangrando*! Creia-me, não preciso descrever-lhe o sangue – você ficaria enojado se eu lhe contasse quanto sangue, Jerome. Mas nesse meio-tempo, Jerome, no que Goldbaum estará *pensando*?

Jerome, querido, quero que ouça isto. Porque mesmo nessa condição, coitado, o homem está pensando consigo mesmo, "Então o que é que se dá de gorjeta a um sujeito como esse?". Ouviu isso, Jerrychik? "O que é que se dá de gorjeta a um sujeito como esse?". Pois você ouviu todas as palavras do que Goldbaum está pensando consigo mesmo nesse navio negreiro? Então é por isso que eu lhe digo, querido, nunca faz mal ouvir a experiência de outro indivíduo. Acredite em mim, Jerome, qualquer que seja a fonte, sempre se pode aprender alguma coisa se se presta atenção aos achaques experimentados pelo outro indivíduo em seus altos e baixos pessoais. Pois não vá pensar que o sujeito, independentemente de sua estação na vida, não tenha passado por muita coisa ele próprio! Mas nesta terra, querido, mesmo levando o seu próprio pai em consideração, não há ninguém que tenha uma desgraça pessoal que poderia sequer começar a se comparar à desgraça de, vou lhe dizer, daquele deleitável ser humano, Gert Pinkowitz!

PROCURE A CRIANÇA, Jerome. É isto que seu pai lhe diz, com base em sua própria experiência, procure a criança! Porque se você quer ver o que está matando uma mãe ou um pai, é isto que deve procurar – a criança. Mas pode esquecer, porque você jamais ouviria uma palavra amarga dos lábios dessa mulher? Uma santa, Jerome – a mulher é uma santa em vida! Creia-me, pequeno, tive de arrancar até a última palavra da boca dela porque cavalos selvagens não fariam a mulher falar e contar como é que é este desgosto que ela tem experimentado por conta de seu esnobe e importantão Tommy. Sabe do que mais, querido? Na minha opinião pessoal, toda a raça humana deveria se juntar e tirar o chapéu para esta criatura maravilhosa, Gert Pinkowitz! E digo mais, pequeno. Graças a Deus que essa mulher é feita de ferro. De ferro! Porque só com carne e osso não se poderia viver com o que essa mulher precisa viver. Eu, enquanto seu pai, olho para ela como indivíduo e digo a mim mesmo, "Sol, mesmo com a agonia que está sofrendo pelas mãos do próprio filho, isto não é nada se você para para comparar com a agonia de um ser humano como Gert Pinkowitz! É isto que seu pai diz de si para si, Jerome. Cada vez que apenas ponho os olhos na mulher, é isso que seu pai em sua mente precisa ficar lá parado dizendo consigo mesmo.

    Por outro lado, quem poderia ignorar as similaridades? Quer dizer, quando eu olho para o que tem ocupado esta mulher, você acha que eu não digo para mim mesmo, "Sol, quando você considera suas próprias privações e atribulações, como é que alguém em sã consciência deixaria de reparar nas incríveis similaridades?". Jerome, acredite em mim, querido, quem quer que tenha dito que o mundo é pequeno, essa mesma pessoa, que Deus seja minha testemunha, sabia muito bem do que falava!

    Número um, Gert me diz que seu Tommy é um menino brilhante.

Então muito embora eu não me encontre em posição de fazer juízos, demos crédito à mulher. Também, como meu próprio Jerrychik, o Thomas de Gert é outro gênio, este tanto estou disposto a reconhecer, ainda que a dona Robbins, que tem seu próprio Harold, diga a seu pai que já deu uma olhada nos livros do menino Pinkowitz e sentiu-se totalmente indiferente diante de todas as palavras neles. Mas, tudo bem, o país é livre, então a dona Robbins tem direito de ter sua própria opinião, quem está dizendo que a mulher não fala com conhecimento de causa? Mas, nesse meio-tempo, se Gert Pinkowitz me diz que seu filho é um gênio, então, no que concerne a seu pai, o menino é mesmo um gênio, mesmo que Dora Robbins queira olhar na cara do seu pai mantendo-se em contrário! Mas, Jerome, eu lhe pergunto, quando foi que o menino fez algum negócio ultimamente? Porque a resposta é nem pergunte! Faz estações e estações! Então, ouça, talvez em toda sua vida será que você já calhou de cruzar com algum outro indivíduo em que seja esta situação particular a situação?

Nesse meio-tempo, qual é a próxima coisa?

Nada de retratos, querido!

Assim como com um certo alguém que calha de ser conhecido de seu pai, nada de retratos, nem mesmo um instantâneo nos jornais – um ermitão, um ermitão! –, e mais, nada de aparecer no Merv Griffin, nem tampouco nada de aparecer no Merv Griffin também!

Mas espere um minuto, Jerome, espere um minuto, que eu enquanto seu pai ainda nem acabei com as similaridades! Ouça. Porque o nome que a mãe do menino sentou e pôs nele é bom o bastante para esta criança ingrata? Bem como com outro alguém a quem seu pai na competência de seu pai calha de conhecer, a criança manifesta a mais leve gratidão pelo nome que uma mãe e um pai tanto suaram para conferir a ele, sem que se exigisse nada em troca?

Só que é ainda pior do que com você, Jerome.

Pior!

Creia-me, pior não é nem a metade. Porque com você, querido, talvez ainda haja até certo grau alguma justificativa. Mas com o menino Pinkowitz? Com ele, estamos falando de coisa completamente diferente. Com ele estamos falando de outros quinhentos!

Eu próprio, pequeno, quando ouvi, e isto com a mulher no recinto há não mais que uma hora, você poderia ter me derrubado com uma pluma. A mulher não tem um pedaço de mobília na casa ainda! Ouviu bem, Jerome? Nem um pedaço! Mas, nesse meio-tempo, eis como ela está desgraçada – a mulher está tão desgraçada que precisa dizer ao homem da mudança que lamenta muito, mas não poderia aguentar por nem mais um instante o esforço e a irritação, se ele faria o favor de deixar tudo como estava um pouco enquanto ela vai ver quem é seu novo vizinho e desabafar esta tragédia. E sabe por quê, querido? Porque se a mulher não conversar com alguém nos próximos dois segundos, então ela vai ter que tomar um comprimido.

Talvez até mesmo o frasco inteiro!

JEROME, eu sei que não preciso desenhar-lhe um diagrama para explicar a você que o indivíduo do apartamento ao lado sou eu seu pai Eis como o mundo é pequeno, Jerome – você se volta e de repente você está sentado ali, a pessoa no apartamento ao lado! Docinho, você pode ir em frente e enviar capangas. Eles podem trazer socos-ingleses aqui para me pegar, mas seu pai quer que você fique sabendo de uma coisa. Neste mundo, Jerrychik, mesmo que você não possa crer, há coisas piores do que o que você fez com seu nome quando fez dele J.D. Eu prometo a você, querido, você vá ouvir a Gert Pinkowitz com seu Thomas, você vai ouvir e você vai ouvir muito – uma criança que vem ao mundo com nome tão perfeito e depois tem a audácia não mitigada de ir lá e mudá-lo no momento em que eles vêm e dizem ao menino, "Pinkowitz – ei, Pinkowitz! – seu nome é Pinkowitz?".

Certo, então o menino queria causar uma boa impressão, Jerome. Daí, querido, daí seu pai vai lhe contar o que acontece quando tudo o que você consegue pensar no mundo é causar uma boa impressão. Porque se você se lembrar de Goldbaum, meu bem, então vai saber de quem seu pai está falando quando eu lhe disser que o filho do homem chega um dia em casa com uma loura. Uma loura, Jerome, tão certo quanto estou vivo e respirando, o homem chega em casa com uma loura! Mas, nesse meio-tempo, será que Goldbaum não conseguiria aprender a conviver com isso? E também sua esposa há mais de quarenta anos, esta pessoa não poderia tampouco aprender? Então eles preparam uma refeição, Jerome. Está me ouvindo, querido? A sra. Goldbaum, Deus a proteja, ela prepara uma refeição. E logo de cara, para começo de conversa, a mulher naturalmente põe a sopa na mesa. E a loura, Jerome, a loura que só quer, do fundo do coração, causar uma boa impressão aos Goldbaums, Jerome, a loura diz para eles, "Oh, Deus, mas que sopa maravilhosa, mas que sopa deliciosa, nunca na minha vida provei prato mais sublime de sopa!". É isto que a garota diz, Jerome. Então, está me ouvindo? A loura diz, "Esta sopa, que sopa maravilhosa, que sopa maravilhosa – então, digam-me todos do que é, do que é". Querido, a sra. Goldbaum não deveria responder a garota? Creia-me, Jerome, esta sra. Goldbaum você pode nunca ter conhecido, mas deixe-me dizer que se trata de uma mulher civilizada. Então, para encurtar a conversa, ela diz para a loura, "Sopa de bolas de matzá nós a chamamos sopa de bolas de matzá ". Querido, sem tirar nem pôr, é isto que a sra. Goldbaum responde. Mas a loura, Jerome, está lembrando-se dela? Esta loura que do fundo do coração deseja apenas causar nessas pessoas uma boa impressão? Porque eu quero que você ouça o que a loura diz em consequência de ser uma mulher que só tem no fundo de seu coração as melhores intenções. Está me ouvindo, docinho? Porque essa loura a quem estou me referindo, e estou citando para você, meu bem, seu pai está citando – ela diz, "Bom, certamente fica melhor do que quando eles fazem só com os ombros do matzá".

Boas impressões, Jerome – é só isto a exasperação que dão a todos, independentemente de código de área! Mas o Tommy da sra. Pinkowitz, tudo o que a criança consegue pensar é como pode causar uma boa impressão. E esqueça só T. para Thomas. Pior, estou lhe dizendo, Jerome! Pior de longe! Creia-me, menino, o pecado que você cometeu contra seu nome no instante em que seu pai virou as costas não é nada em comparação. Até a própria mulher lhe diria se você perguntasse. Porque, não se engane, eu seu pai perguntei a ela, e Gert Pinkowitz ficou lá parada e me respondeu, "Solly, Solly, o que seu filho fez com você quando tornou seu nome J.D., aceite minhas palavras de uma mãe para um pai, foi uma bênção em comparação. Uma bênção, Solly, uma bênção!"

Fofinho, que apenas os dois ouvidos de Deus captem isto que voa dos dois lábios de seu pai quando ele lhe diz com toda a sinceridade, "A audácia de certas crianças!". Mas tudo bem, pode mandar valentões irem me bater e me roubar de minha última migalha de felicidade, mas eu, seu pai, Jerome, não sou estranho ao que uma criança pode fazer com o coração de um pai. Portanto, eu não deveria então chorar em compadecimento dessa mulher que tem um Thomas assim como eu seu pai tenho um Jerome? Querido, a mulher mal consegue falar quando me diz, "Solly, sente-se, querido, porque eu quero que você esteja totalmente preparado para quando for se sentar e ouvir o que é na indústria literária o choque do século". Filhote, estou lhe dizendo, eles poderiam ter vindo aqui e jogado seu pai longe com uma pluma quando a mulher me disse o que a mulher me disse. Pegar um belíssimo nome como Pinkowitz e fazer gracinhas com ele, que tipo de criança vai em frente e faz uma coisa dessas? Então, se o menino precisava ter só duas sílabas, então o que, faça o favor de dizer, há de tão errado com Pincus? Mas Pynchon, querido, Pynchon, meu bem, isto é um nome que não faz o menor sentido a qualquer um no edifício, de qualquer ângulo concebível!

Então, quem é que já ouviu falar de um nome como Pynchon?

Diga-me, Jerome, isto lá é nome de pessoa séria? Acredite em mim, querido, seu pai está disposto a aprender. Então haverá código de área em algum lugar onde com um nome desses as pessoas de lá não lhe olhariam torto?

Então o menino não pôde suportar Thomas e, bem como meu próprio filhote, não pôde ir adiante e meter ele próprio talvez um pequeno adereço lá em cima dele?

É POR ISSO que eu lhe digo, Jerome, é preciso confortar aqueles que precisam ser confortados. Mas eu lhe prometo, menino, neste caso é um prazer, a moça é uma boneca, tão esbelta que lhe partiria o coração. E nesse meio-tempo, estou lhe dizendo, não é problema nenhum. Se ouço a criatura pondo os olhos para fora de tanto chorar, é tanto esforço assim correr até o apartamento ao lado? Então talvez tenha sido lá onde seu pai estava se você me telefonou ontem à noite e seu pai não estava aqui para atender. Então, você telefonou, querido? Diga-me, você foi mesmo em frente e telefonou? Sabe o quê, Jerome? Aposto então que você pôs para funcionar o cérebro que Deus lhe deu e esperou para quando eles decidirem diminuir um pouco as tarifas e não lhe custaria então nenhum olho da cara só para você dizer alô ao seu pai e também boas-festas!

Diga-me, meu bem, seu pai matou a charada?

Então, desde quando que um pai não conhece o próprio filho?

Não se preocupe, menino, no frigir dos ovos, um pai sabe bem, um pai sabe bem – mesmo que ele não saia por aí se torturando para anunciar ao edifício inteiro. Mas Merv, Jerome, o Merv você me prometeu que iria fazer um esforço e cuidar disso. Porque eu vou lhe dizer uma coisa, querido. Seu pai pode compartilhar com você um grande segredo? Uma promessa é uma promessa, não? Porque você se lembra quando, há anos e anos, você se sentou e escreveu a respeito de uma mulher que era tão gorda e como o dia todo essa criatura fica sentada em sua varanda e escuta o rádio? Querido, estou retrocedendo anos agora, mas diga, você se lembra? Então, porque essa criatura era tão solitária e também moribunda, e por aí vai, foi você próprio que disse, pelo amor de Deus, as pessoas do rádio deveriam todas se unir e fazer o máximo que pudessem por ela, afinal, o que mais a mulher tem no mundo inteiro exceto as pessoas que, sabe, que estão falando no rádio? Meu bem, filhote, não preciso lhe dizer que foi você mesmo quem o disse com seus próprios dois lábios. Então não faça disso caso de polícia, Jerome – faz tanta diferença assim que no caso de seu pai seja uma *televisão*? O princípio é o mesmo, Jerome, o princípio é o mesmo! Por favor, querido, por seu pai, e queira Deus que você não se contradiga, seja camarada e vá no programa do Merv Griffin e fale com o homem como um adulto. E já que é tão importante para você que seja uma mulher gorda quem está ouvindo, e se o próprio sofrimento pessoal de seu pai não é suficiente para você, Jerome, então seja um bom menino e faça isso pela minha Gert, querido, faça isso por esta pessoa adorável, a sra. Pinkowitz!

Certo, certo, e daí que ela não é tão esbelta assim, pois me processe!

Daí que seu pai contou uma mentirinha.

Daí mande os policiais federais virem arrancar minha língua!

A criatura está fazendo *regime*, Jerome. Você me ouviu? Regime! Então cá entre nós, aquando deste dia e hora ela já conseguiu algum resultado? E daí que esbelta foi um exagero, daí que esbelta foi licença poética, grandes coisas, ok?

Estou lhe dizendo, querido, essa mulher é tão gorda que lhe partiria o coração só olhar para ela! Hey, sabe o que não posso esperar para dizer? Porque tudo que não posso esperar para dizer é graças a Deus que o código de área de Gert é 305 e você nunca vai precisar reparar!

Menino, está me ouvindo?

Então você já é o filho mais maravilhoso no mundo inteiro, fora de discussão, seu pai admite, quando é que jamais houve um menino melhor? Pois agora vá lá e seja um anjo além de tudo, Jerome! Para uma mulher que é gorda e que está em agonia e que é uma santa se eu seu pai já vi uma, diga a Merv que você vai por Gert Pinkowitz, e também por todo e qualquer código de área de costa à brilhante costa.

Amor e beijos,
do seu pai que o adora,
e boas-festas também!

P.S. Já lhe contei que Goldbaum está para falecer? O mesmo

Goldbaum que foi lá e fez um cruzeiro numa embarcação de escravos, Jerome, o homem do filho que se casou com a loura? Então Goldbaum está em seu leito de morte, é adeus e boa sorte – então, seu pai já não lhe contou isso? Mas tudo bem, Goldbaum é um homem velho, ele não tem álibis, não tem reclamações, se é isto então é isto, acabemos logo com a coisa. Então não lhe contei isto, Jerome? Porque eu quero que você com seus próprios dois ouvidos ouça o que acontece em seguida quando o homem diz a seu filho que está sentado com ele assim de vigília com ele, "Menino, você tem sido um menino maravilhoso para mim, de você como filho em toda minha vida seu pai nunca teve ele próprio de você nada além da mais pura alegria, então adeus e boa sorte e tome aqui pessoalmente um último beijo com amor". E o menino, Jerome, ele diz ao Goldbaum, "Bom, você foi ótimo, simplesmente ótimo, e, sem brincadeira, vamos sentir muito a sua falta". E Goldbaum responde, ele diz ao filho, "Esqueça, filho, quando a hora chega, a hora chega, é tempo de dar tudo por encerrado". E é aqui que o homem fecha os olhos e se deita novamente para mostrar a todos que podem esquecer, que ele está pronto para falecer. Mas de repente Goldbaum abre os olhos e começa a dar no ar umas como que fungadinhas.

Está prestando atenção, Jerome? O homem está sentado e com o nariz no ar o homem está fazendo assim, querido – funga, funga, funga. Então ele diz, "Diga-me, querido, é mamãe que está na cozinha?". E o menino responde, o menino diz a Goldbaum, "A mãe está na cozinha. A mãe está cozinhando fígado na cozinha".

Está ouvindo essa, Jerome? "A mãe está na cozinha. A mãe está cozinhando fígado na cozinha". Então é nesta altura que Goldbaum diz ao filho, "Escute, querido, seja um doce e vá até a cozinha e pelo seu pai que está falecendo você volte aqui com uma provinha para mim, e que Deus me proteja, só me restam uns poucos segundos, então se apresse".

Jerome, você ouviu cada uma das palavras disto? O que Goldbaum diz ao filho, ouviu de fato, honestamente? Porque eu quero que você ouça como o filho responde ao homem, Jerome! Mesmo que você não consiga acreditar com seus próprios ouvidos, eu seu pai quero que você ouça!

Porque, com Deus por testemunha, querido, o filho do homem diz ao homem, ele diz, "Papai, eu não posso, papai – é para depois".

Você ouviu isso, Jerome?

"É para depois."

Com estas palavras o filho responde ao pai!
"É para depois."
Jerome? Docinho?
Então, está me ouvindo?
Não existe depois!
Então Deus o abençoe e que isto lhe sirva de lição, e agora vá em frente e faça o que seu pai está mandando!

[|NTITULADO|

– QUANDO VOCÊ CONHECEU Gordon Lish?
– Mil novecentos e trinta e quatro. Em Hewlett, que é um lugar que fica a umas vinte milhas de Nova York.
– Havia algo de notável nele à época? Ele lhe pareceu, de alguma maneira, fora do comum?
– Não, nada de que eu possa me lembrar. Mas as condições foram especiais. Houve, como ele próprio alega, uma nevasca naquele dia – o décimo primeiro dia de fevereiro, mil novecentos e trinta e quatro. Sei que isto pareceu significativo para o sujeito, uma espécie de espécie de sinal. Por todo o tempo em que o conheço, ele volta e meia fala sobre o que lhe parece ser a significância de tempestades de neve em sua vida. Sabe, grandes nevascas comparecendo a seus aniversários e coisas assim.
– Ele tem fascínio por si mesmo.
– Ora, claro, mas sabe – quem não tem?
– Você se manteve em contato bastante estreito com Lish depois desse encontro?
– Pode apostar. Acho-o companhia tremendamente boa, um tipo plácido, enormemente inofensivo. Ah, era fácil estar com ele, sim. Não tinha muito na cabeça, mas o pouco que tinha ele compartilhava com você, sem hesitação, nem um pouco. Além do mais, nunca foi difícil saber seu paradeiro. Quer dizer, ele se mantinha, na época, perto de casa – poucos amigos, poucas saídas, um sonhar, principalmente. Podia ficar horas sentado, olhando apenas. Era agradável. Falando a verdade, era um alívio só observá-lo – repousante, restaurativo. Sabe... determinadas pessoas dão determinadas sensações. Bom, eu gostava dele – suponho que isto explique tudo.
– Ele lhe fazia confidências?
– O que quer que lhe ocupasse a mente, claro. Mas, como estive tentando dizer, não havia muito. Ele era... o que foi que eu disse antes – plácido? Ele era assim – muito plácido, muito passivo – pouca energia.

Semiadormecido, na verdade – meio que cochilando.
– Feliz?
– Ah, mas sem dúvida – o mais feliz!
– Mas depois as coisas mudaram. Do seu ponto de vista, o quê? O quê, especificamente?
– Você se refere ao deslocamento dele – do que ele era antigamente a como ficou com o passar do tempo. Bom, não há como saber. Mas estou disposto a partilhar meus pensamentos sobre isto, que são que nada mudou nele exatamente.
– Quer dizer que as coisas mudaram em torno dele? O mundo foi de uma coisa para outra?
– Não, não, não é isso. O que quero dizer é que não acho que o que aconteceu a Lish seja diferente do que acontece a todos. Quer dizer, não é exatamente o mundo – porque o mundo não importa tanto assim, se é que me entende. Ah, diabos, estou me confundindo todo. Escute, o negócio é que tem a ver com, acho, com o tempo – com o tempo apenas, com o tempo da coisa – testemunho, muito testemunho. Entende o que quero dizer, testemunho?
– Testemunhar muita coisa do mundo?
– Ao contrário... o mundo testemunhar muito de você. Ou talvez o tempo. Não sei.
– Isso não faz sentido.
– Bom, é como eu disse, são só os meus pensamentos, só.
– Mas você permaneceu com ele – manteve-se de olho nele, pelo menos – sabe, não fez ouvidos moucos.
– Sem dúvida. E por que não? O homem ainda me interessa mais do que qualquer outra pessoa. O negócio é que eu investi muito na coisa, não se esqueça.
– Você o vê todos os dias?
– Me sentiria bem esquisito se não o visse.
– Por quê?
– Ah, você sabe como é – para cada um de nós vai sempre existir pelo menos uma pessoa que a gente não se sente bem de perder o contato nem mesmo por um minuto.
– Mas e se Lish renunciasse ao contato com *você*?
– É justamente isso que me preocupa.
– Mas e se ele for bem-sucedido? O que vai acontecer se ele e você, se for isto e pronto e acabou?
– Você sabe, é justamente isto que eu tenho dito aqui sentado para o homem dia sim, dia também. Eu digo a ele, "Gordon, no momento em

que você olhar ao redor e eu não estiver mais aqui para olhar de volta, esse é o instante em que você vai desejar nunca ter nascido."
– E o que ele diz quando é isso que você diz?
– Ele? Ele diz, "Nevou no dia em que nasci. Houve uma nevasca no dia em que nasci. Era o décimo primeiro dia de fevereiro, mil novecentos e trinta e quatro. Nevou do mesmo jeito no meu décimo terceiro aniversário, também. Ambas as vezes, houve grandes nevascas. Ambas as vezes, havia tanta neve."

Collected Fictions © OR Books 2010 [All rights reserved.]
© 2016 Numa Editora
Edição: Adriana Maciel
Tradução: Ismar Tirelli Neto
Projeto gráfico, diagramação e capa: Design de Atelier
Revisão: Eduardo Carneiro

This Portuguese edition published by agreement with OR Books and
Vikings of Brazil Agência Literária e de Tradução Ltda.

Foram respeitadas, nesta edição, as regras do novo
Acordo Ortográfico da Língua Portuguesa

Todos os direitos em língua portuguesa reservados à Numa Editora
www.numaeditora.com

L769c

    Lish, Gordon, 1934-
      Coleção de ficções 1 / Gordon Lish ; tradução Ismar Tirelli
    Neto. – Rio de Janeiro : Numa, 2016.
      144 p. ; 21 cm.

    ISBN 978-85-67477-04-6

    1. Contos americanos. I. Tirelli Neto, Ismar II. Título.

                      CDD – B869.3

Bibliotecária Roberta Maria de O. V. da Costa – CRB7 5587

Fonte: Raleway
Papel: Polen Bold 70/m2
Impressão: Offset
Gráfica: Impressul

www.numaeditora.com